Michio
YOSHIZAWA
Izumi
TAKABAYASHI
彼と月との距離
タクミくんシリーズ

タクミくんシリーズ

彼と月との距離

ごとうしのぶ

11801

角川ルビー文庫

CONTENTS

口絵・本文イラスト／おおや和美

ストレス

　このところ毎晩のように三洲《みす》の帰りは、遅い。

　机の上にその日の授業で使った教科書やらの荷物が置いてあるので一度は校舎から戻ってきているのであろうが、ここもう何日も、消灯までの間に彼の顔を見られた夜がほとんどないのだ。

　これでぼくが三洲の恋人だったりしたならば、こんなに毎晩毎晩不在続きで、もしや他に好きな人でもできたのではあるまいかと気が気じゃなくてたまらないだろうが、幸いにも(?)彼はただの寮の同室者であり、敏腕生徒会長という役職柄、きっと放課後すらも忙《せわ》しないのであろうと勝手に推理を立てていた。

　だがしかし。

「それにしても、退屈だ」

　宿題をする手を止めて机に頬杖《ほおづえ》をつく。ついついこぼれる溜《た》め息と、ちいさなぼやき。「去年までとあまりに環境が違い過ぎるよ」

　ここは二人部屋のはずなのに、気分はまったくの個室である。それが迷惑ということではなくて、まあ、単に、つまらないのだ。

去年は、ただの一度もこんな気分にならなかった。

「……そりゃそうだよな、ギイが同室だったんだから」

ギイ、こと、崎《さき》義《ぎ》一《いち》。ここ、山の中腹にへばりつくようにポツンと建っている全寮制男子校『祠《し》堂《どう》学院高等学校』の、紛れもなくアイドルで（本人、そんなふうに呼ばれるの、絶対イヤがるとは思うけど）オソレオオクも、ぼく、こと葉《は》山《やま》託《たく》生《み》の恋人だったりする。——あ。三年生に進級してからは諸事情により、ただのともだちのふりをせねばならない、誰にもナイショの関係なのだが。

スーパー御《おん》曹《ぞう》司《し》でありながらかなりの世話好きで、しょっちゅうあちこち飛び回ってたギイですら、ぼくをこんなに長い間ひとりきりにさせたことはなかったのだ。——と、今頃気づいたぼくなのだが。

そうやって、彼はいつもぼくを気遣ってくれていたのだなあ。

「つくづく、完璧《かんぺき》な恋人だよ」

失って、しみじみわかるギイの素晴らしさ。いや、のろけではなくて。「しようがない、久しぶりに利久《としひさ》と将棋でもやろうかな」

宿題の途中でも、こんな気分では効率が悪くて仕方ない。

気分転換を兼ねて出掛けようと椅子《いす》から立ち上がったところに、ノックの音。

「やった、来客だ！」

喜び勇んでドアを開けると、廊下に赤池章三《あかいけしょうぞう》が立っていた。「いらっしゃい、赤池くん」

満面笑顔で室内に迎え入れようとすると、

「げっ、なんだよ、やけに愛想がいいな、不気味だぞ、葉山」

肩を引いて、章三が斜めにぼくを見る。

「失礼だな、来客をもてなしてどこが悪いんだよ」

「もてなさなくて、いい、いい」

章三は顔の前で手をひらひら振ると、「三洲は？」

ぼくの肩越しに室内を覗《のぞ》いた。

「どこかに出掛けてるよ」

「また留守かい」

「……なんだ。三洲くんに用事だったのか」

「いや、葉山に用事だ」

「ちょっ、紛らわしい訊《き》き方、しないでよね」

「暇なら少し、つきあわないか？」

ぼくのクレームにはこれっぽっちも取り合わず、章三は親指で外へと促す。

「つきあうって、どこへ？　——あ」

言いかけて、ぼくはドキリとした。

誰にもナイショのつきあいになってから、俄然《がぜん》、敷居の高くなってしまったギイの部屋、三階のゼロ番こと300号室。

「赤池くん、ギイの部屋に行くから、そ、それでぼくも誘ってくれたのかい？」

ああ、なんて優しい、友人想《おも》いの男だろう。

「違うって、誰がギイの部屋に行くなんて言ったよ」

なんだ。

あからさまにがっかりしたぼくに、

「ギイと部屋が別れてから、葉山、めっきり運動不足だろ？　去年はよく、ギイにあちこち連れ回されてたもんな」

「天下の風紀委員長殿に、ただの一クラスメートであるぼくなんかの体調まで気遣っていただき、恐れ入ります」

なんだよもお、期待させるなよ！　それでなくてもここ数日、偶然の擦れ違いすらなくてギイとは全然会えてないんだからなーっ！　って、章三に八つ当たりしてもしようがないんだけど。

「夕食後の腹ごなしに、散歩しないか？」

「せっかくですが、宿題、やりかけなんです」

「なにか上に着るもの取ってこいよ、玄関で待ってるから」

「赤池くん、だからぼくにはまだ宿題が――」

「ま－たまた、宿題するより他にやることがないくらい、暇で暇でしようがないんだろ？」

うーん、悔しいくらい、読まれてる。

「そっ、そんなことないよ、これから利久の部屋で、あの……」

「わかったわかった」

ぼくの肩をポンポンと叩《たた》きながら、章三は、「だがな葉山、今夜の星は綺麗《きれい》だぞー。見逃すのは、一生の不覚だ」

意味深長に、ニヤリと笑った。

驚いた。

玄関から外へ出てみると、そこにいくつかの人影。

「葉山、こっち」

章三に手招きされて近づくと、街灯のほの明かりに浮かぶメンツは祠堂きっての精鋭たち。一階から四階までの階段長の四人。そのうちのひとり、長身の影が驚いたようにぼくへ振り返ると、訝《いぶか》しげに他のメンツを見回した。

ああ、ギイだ。くーっ、不意打ちだよ、赤池くんてば、もうもうもう。

「さて、出発するとしますか」

ギイの複雑そうな様子などなんのその、相変わらずいつでもどこでもマイペースの矢倉《やぐら》が皆を促して、歩き出す。

決してぼくに近づこうとせず、ギイが前を歩いて行く。ぼくは章三へと小走りに寄り、

「ねえ赤池くん、これって何の集まり？　どこへ行くのさ」

こっそり訊く。

「散歩がてらの情報交換だよ。それぞれのフロアの様子を互いに把握しておかないとならないからさ。僕は風紀委員長として参加してて、いつものルートだとここから校舎の先まで行き、温室の手前で折り返して、かれこれ一時間半のコースかな」

「こういうこと、もう何回もやってるの？」

「週に一度くらいだけどね」

「ふうん」

全然知らなかったよ。って、そんな重要な集まりに、なんでぼくが誘われたんだ!?

理由を訊こうとしたのだが、章三は早速始まった情報交換へと集中してしまい、会話に加われないぼくは、なんだかすっかり取り残された気分。

きっと今のぼくは、さっきのギイと同じくらい複雑そうな表情《かお》をしているに違いない。——弱ったなあ、居場所がないよ。


果たしてホントに情報交換してるのか、ただの雑談か、賑《にぎ》やかに盛り上がる彼らの後ろを、ぼくは離れ気味についてゆく。

会話に加わる資格のないぼくなのだが、どうやら(不思議なことに)邪魔者扱いされてるわけでもないらしく、むしろ、はぐれずにちゃんとついてきているか確かめるように、しょっちゅう誰かしら、ぼくを振り返っていた。

そんな中、ただひとり、決してぼくを振り返ろうとしないのが、ギイ。

ギイはぼくとは視線すら合わせてはくれないけれど、ぼくは、スレンダーながら広くて頼もしいギイの背中を、つい、見つめてしまう。時折洩《も》れ聞こえるギイの声を、つい、追いかけてしまう。

会いたかった、ギイ。こうして眺めていられるだけで、すっごいしあわせだ。彼のこんなすぐそばにいられるなんて、今のぼくにはものすごい贅沢《ぜいたく》だよ。

緑深い雑木林の間を、縫うように続いている細い小径《こみち》。頭上には葉陰を割って夜空が開け、章三が保証したとおり(もちろん天の川ではないのだが)美しい星が、黒い葉陰を両岸にして流れるように瞬いていた。

このすぐ先にある体育館や講堂を使用する運動部ですらとっくに活動を終了した、こんな遅い時間では、もちろん林道にまるきり人通りはなくて、教師も含め、ぼくたちは誰とも擦れ違うことなく、やがて、右へ行くと体育館や講堂の脇《わき》を抜けて更に林の奥深く温室方面へ向かうコース、左へ進むと校舎の南側へぐるっと迂回《うかい》するコース、との、分岐点に差しかかった。

予定のルートではここで右折なのだが、申し合わせたように集団が立ち止まった。

「せーの!」

いきなり全員が声を上げる。

なんのこっちゃいのぼくだけ、ポカンと彼らを眺めていたら、

「葉山も参加！」

章三に腕を引っ張られた。

「えっ、なにに？」

「ジャンケンだよ。いいか、せーの、最初はグー！」

で、いきなり巻き込まれてみたものの、これっていったい、なんなんだ？

威勢の良い『最初はグー』の掛け声に、素直にグーを出したぼくへ、

「はい、葉山とギイの負け」

開いた手をひらひらさせて、してやったりと矢倉が笑う。見ると、章三も吉沢《よしざわ》も野沢《のざわ》もパーを出し、ぼくと同じく素直にグーを出してたギイが、

「卑怯《ひきょう》だぞ、お前ら」

低く、皆を睨《にら》みつけた。

「どこがかなー？　どのあたりが、卑怯なのかなー？」

まるきり悪びれない矢倉は、パンツの後ろポケットに手を突っ込んで、数枚の小銭を取り出した。「勝負はアタマっからって『決まり』だろ。駆け引きに負けたのはキミだよ、ギイくん」

「その『決まり』を、託生は知らないだろ」

ギイの反論に、

「あれ？　葉山にルール、教えてなかった、赤池？」

矢倉は視線を章三に流す。

章三は章三で、すっとぼけた表情をして、

「あれ、どうだったかな」

ぼくを見た。

構造が、なんだかぼくにも見えてきた。——そうか、そういう策略だったんだ。

ミズクサイよな、ギイ。少しは俺《おれ》たちを、信頼しろよ。

章三や矢倉に見られるだけでなく、ギイにまでじっと返事を待たれて、ぼくは、

「……聞いてたような、気がする」

相乗り、することにした。

ぼくの返事に明らかにむっとして、

「ちゃんと説明されてたなら、どうして——」

「まあまあギイ、そんなムキになるなって。しょせんただの『おつかい』なんだからさ。敗者ふたりがそこの自販機で休憩用の飲み物を全員分買って、温室手前のベンチまで運ぶだけだ。第一、本人が聞いてたって言うんだから、の-ぷろぶれむ！　だろ？」

矢倉が小銭を差し出すと、ギイはぼくをチラリと見てから、実に実に不本意そうな表情で、

だが、

「わかったよ、なにになる」

小銭を受け取った。

「今夜の気分はスカッと爽《さわ》やかコカ・コーラ、かな?」

どこまでもふざけた矢倉のオーダーをきっかけに、野沢や吉沢も(なんだかやけに楽しそうに)ギイにオーダーを告げて、小銭を渡した。

「葉山、僕は熱いウーロン茶」

章三がぼくに小銭をよこす。

「じゃ、先に行って待ってるから、あんまり遅くなるなよな」

ぼくたちを残し、やっぱりなんだかやけに楽しそうに立ち去った面々。それをしばらく横目で見送っていたギイは、ゆっくりぼくに振り返り、

「託生、途中から奴等《やつら》の片棒を担いだな」

まったくもって、バレバレだ。

「や、それは……」

ごめん、ギイ。だって……。

「ホントのコト言え。なんにも聞かされてないだろ?」

「う、あ、はい」

「この、裏切り者」

「ごめんね、ギイ！　でも――」

しっ！　と、口の前に人差し指を立てたギイは、注意深く真っ暗な周囲を見回すと、

「デバガメってられても迷惑だからな」

こっそり言う。

「え？　なに？」

でばがめ？

「奴等の魂胆はわかったから、まんまとのせられるのは癪《しゃく》に障るが、今夜はよしとするか」

「ギイ？　――あ」

いきなりきつく抱きしめられて、ぼくは軽い目眩《めまい》を覚えた。甘い花のギイの匂《にお》い。懐かしくさえ感じてしまう。

「……あんまりオレにダメージくれるなよ。不意打ちの託生の登場で、オレすっげ動揺したんだぞ」

「寮の玄関前で、集合した時のこと？」

動揺したのはぼくも、だけれど、「ギイ、ダメージって、それ、ぼくがいて迷惑だったたって

「せっかく人がギリギリ我慢してるってのに。ストイックの権化だぞ、今のオレ」

「ギイ……？」

「あー、つまり、あれか、こんな強行策を取られなきゃならないほど、奴等にはオレが危なっかしく映ってたってことなのかね」

張り詰めた風船から空気を抜かなければ、ちょっとした刺激でも破裂してしまうように、不自然に無理しているギイの姿が、友人想いの彼らには居たたまれなかったのかもしれない。

「ギイ、ぼくも我慢してるよ」

ひとりじゃないから。いつだって、一緒に頑張ってるから。

ギイはぼくに視線を落とすと、不意にふわりと微笑《ほほえ》んで、

「だな」

柔らかく、ぼくにキスをした。

「あ、そうだ」

ガコンと、最後の缶ジュースが受け取り口に落ちた時、低く屈《かが》んだまま、ギイがぼくを振り仰いだ。「託生、ゴールデンウィーク、もう予定、決まってるか？」

章三のウーロン茶のあまりの缶の熱さに、わちわちと上着のポケットに入れたぼくは、

「まだだよ、なにも決めてない」

以前にギイが、誘ってくれたから。どこか行こうって、言ってくれたから。

「旅行しないか？」

ギイは取り出した最後の一缶を、他の三つの缶と一緒に片手で器用に胸へ抱えると、「すっかり伝えるのを忘れてたけどさ、伸行《のぶゆき》と聡司《そうじ》さんからホワイトデーのお返しにって、旅行券、もらってたんだ」

「へえ、お返しって、旅行券だったんだ」

「あれ？　もしかして、もう伸行から聞いてた？」

「うん。それが何かまでは教えてくれなかったけど、お返しがあるってことだけはね。きっとギイは忘れてるんだねって、伸行と悪口言ってた」

「こらこら」

苦笑したギイは、「悪かったよ、忘れてて。この前も言ったけど、託生に会うといつもさ、会うだけで一杯一杯で、ちょっと冷静さに欠けるんだよ、最近のオレ」

自覚はしてるんだ、でもなあ。

弱ったように小首を傾げたギイに、

「ぼくだって、ギイに話し損なってること、たくさんあるから」

話したいことも聞きたいこともたくさんあるけど、どれもこれも未消化なままで、でもそれはしようがないと、わかっている。「旅行、行きたいな、ギイ」

誰への気兼ねも遠慮もなく、ギイとふたりきりの時間を過ごしたい。

「よし。では、決定」

空いてる片手を差し出され、ぼくはそっと、手を重ねた。

温室への薄暗い夜道を、ギイは殊更ゆっくりと、歩く。

「託生、どこに行きたい？」

その歩調すら嬉《うれ》しくて、彼の手の温《ぬく》もりをしみじみと感じながら、

「ギイと一緒なら、どこでもいいよ」

ぼくが言うと、ギイは一寸《ちょっと》、足を止め、

「そっか」

目を細めて、掠《かす》め盗《と》るようなキスをした。

一晩中灯《とも》っている温室のちいさな明かりが、木々の間に見え隠れし始めた。

「オレ、すっげー旨《うま》い豆腐が食べたいなあ」

ちいさな声で、ギイが言う。

「渋いね、ギイ」

こっそりと、ぼくも返す。――相変わらず、日本人より日本人してるね。

「それこそゴールデンウィークの間中一緒にいたいけどさ、無理だもんな。託生、何日くらいなら大丈夫だ？」

「まだわかんないけど、家にも帰らないといけないし、でも」

ずっと一緒にいられたら、どんなにいいだろう。

「また、ゆっくり相談しよう」

言いながら、ギイの手が離れてゆく。名残惜しそうに、ぼくの指を指先で辿《たど》りながら。

「うん、わかった」

頷《うなず》いて、ぼくはギイの笑顔を見つめた。

告白のルール

「あれ？」

第一校舎の一角に、まだ電気が点《つ》いている。——あそこ、生徒会室だ。

ということは、真行寺兼満《しんぎょうじかねみつ》が所属している剣道部、つまり、文化部よりも遅くまで活動している運動部である自分たちがもう部活が終了したこんな時間に、まだ、生徒会室に誰かが残って『残業』していると、いうことだ。

……誰か。

心臓が、ちょっとだけ、ドキリとした。

「あーっ、俺《おれ》、教室に忘れ物してた！」

やばいやばい、アレないと今日の宿題できないよ、とかなんとか口の中でブツブツ続けて、一緒に帰る部活仲間たちに、「悪い、先、帰っててちょ」

片手で拝むポーズを作り、じゃっ！　と、一目散に校舎へとダッシュする。

真行寺の見事な俊足。街灯が照らす薄暗い小径《こみち》を、みるみる闇《やみ》に紛れてちいさくなる後ろ姿をポカンと見送りながら、

「なんだ、あいつ」

誰かが言うと、

「あれあれ」

別の誰かが、含み笑いで校舎の明かりを指さした。

「ああ」

それで皆が納得する。

「なに、あいつ、まだムボーなチャレンジ、してるんだ?」

「天下の三洲会長を恋人にしようなんて、いくら真行寺でも、無茶だよなあ」

「剣道のインハイ全国大会で個人優勝する方が簡単だったりして」

「なーっ!」

等々、容赦ないからかい合戦が自分のいなくなった空間で繰り広げられていることは、まあ、いつものことだし、しかも情けないことに『大当たりー!』なのだが、でもだけどっ、そんな現実を振り払う勢いで、めげずに生徒会室まで全力疾走!

だって、

「しょうがないじゃん、好きなんだから」

相手が『天下の三洲新《あらた》』だから恋人にしたいわけじゃない。好きになった相手が、とんでもない人物だっただけだ。——と、どこかで聞いたような言い訳を自分にしてみる。

惚《ほ》れたら負けの法則は、無情なほどに事実なのだ。どんなに三洲が厄介な人物でも、蓋《ふた》を開けてみたら、死ぬほどライバルがうじゃうじゃで（ところが、幸か不幸か、誰も三洲に告白したりしないのが、不思議なような、ありがたいような）故に生徒会の面々からは、なにげに真行寺が煙《けむ》たがられていようとも！　なんにも気づかぬ振りをして、元気に生徒会室へ飛び込んでゆくのだ。

「こんばんわー！」

ガラリと横開きの扉を開けると、瞬時に眉間《みけん》へ深く皺《しわ》を刻み、ジロリと兼満を睨《にら》みつける生徒会副会長の、

「入室は静かに」

という冷ややかな叱責《しっせき》も、気にしない。

ペコリと副会長に謝罪して、「こんばんは、アラタさんっ！」

机の上に開いた書類を、難しい表情《かお》して目で追っている三洲新へ近寄った。

「あ、済ンません」

教室半分ほどの広さの生徒会室に、残っていたのは三洲と副会長のふたりのみ。——いつからふたりきりで、いたんだろうか。

咄嗟《とっさ》に浮かんだ疑問に、ほんの少し、ほんの少しだけ、気持ちがザワリとして、でも、ザワリは急いでどこかへ捨てる。

誰に対しても物腰柔らかく愛想の良い三洲だが、真行寺とふたりきりの時は別人のように傍若無人で、だが、さすがにここには副会長がいるので、

「はい、こんばんは」

視線を向けてはくれないが、形だけでも挨拶《あいさつ》を返してくれた。

さっきから真剣に三洲が読んでいる数枚の書類、いくつもの項目に、びっしりと説明書きがされてある。

「なんスか、それ」

「来週末の生徒総会の、議事草案だよ」

「大変そうですね」

「そう、じゃなくて、大変なんだ」

冷ややかに訂正した三洲は、唐突に、「真行寺、荷物」

脈絡のないことを言う。

「はい？」

荷物？　え？

なんのことだかわからずにいると、

「きみの荷物を、ここに置く」

机の上を人差し指でトントンと叩《たた》いた。

「なんで？」

との、喉《のど》まで出かかった質問をギリギリ言わずに引っ込める。余計なことを訊《き》くな、と、途端に姫君は不機嫌になるからだ。

なんたって三洲は、真行寺の肩に掛けた荷物が重そうだから、気を利かせて机に置くようすすめてくれる、そんなドリームな気遣いを、こと、真行寺に対しては絶対にしないのだから、訝《いぶか》しい気持ちを隠せぬまま（なにか恐ろしいウラがあるに違いない！）それでもおとなしく教科書や練習着やらが入った重いナイロンバッグをドサリと机に置くと、三洲は脇《わき》ポケットのチャックを開けて、中をまさぐった。——と、

「やっぱり入ってた」

不敵に笑い、「これ、もらうぞ」

言いながら彼が取り出したのは、プチビット。真行寺お気に入りの、アーモンド。

「えーっ!? 俺の大事なビットちゃん！」

腹が減っては生きてはいけない真行寺の必須《ひっす》アイテム、お菓子である。しかも、なんたって

チョコレート！　乙女にはダイエットの敵でも、まだまだ成長期ド真ん中の真行寺には、なくてはならない、愛する《高カロリー》チョコ。

だが、どんなに真行寺が喚《わめ》いたところで、三洲の指は器用にクルンとテープを剝《む》き、転げ出た一粒目の包みをほどくと、さっと口に放り込んだ。

「ってぇー」

しかも、ご丁寧にも、ゴミは脇ポケットへ戻される。

「ちょ、あんまりだアラタさん！　駄目じゃないスか、ゴミはゴミ箱へ！」

もうー。と口を尖《とが》らせて、生徒会室隅のゴミ箱へ脇ポケットの包み紙を捨てる真行寺に、副会長のクスクス笑い。

「ふうん、真行寺でもたまには三洲の役に立つじゃないか」

からかいに、真行寺は更にむくれる。

「大路《おおじ》、悪いがこの草案書類、急いで島田《しまだ》先生まで届けてくれないか」

最後まで目を通し終えた三洲が、書類を副会長へ差し出した。「まだ職員室にいらっしゃると思うから」

「戻しはいつまでにお願いする？」

「そうだな……、週明けかな」

「オッケー。島田御大《おんたい》へ届けたら、生徒会室に戻るんで、そしたらいっ――」

「へえ、やり残しの仕事でもあるのか？　大変だな、大路」

「っしょ、あ？」

「なら、生徒会室の鍵《かぎ》は大路に渡しておくよ」

「え、あの、三洲？」

生徒会室の鍵と書類を重ねて大路に渡すと、

「戸締まりはしておくから、また明日」

三洲はひらひらと手を振った。

完全な三洲の見送り態勢に、狼狽《ろうばい》しつつも大路が生徒会室からのろのろ出て行く。

扉が閉まってしばらくしてから、――廊下をゆく、未練がましい足音が遠くに消えてから、

「すっげー確信犯」

ボソリと真行寺が呟《つぶや》いた。

訂正。誰も告白しないんじゃなくて、させてもらえない、だ。

「なんの話だ？」

目の端からチラリと上目遣いに見られて、

「別に」

肩を竦《すく》める。——いかんとわかっているのに、頬《ほお》が弛《ゆる》む。

その時、

「残りも貰《もら》うぞ」

ブレザーの胸ポケットに、三洲はプチビットを滑らせる。

「ちょっ、あんまりだアラタさん！　腹が減ってるのは俺《おれ》もなのにーっ！」

「そうか？」

それは知らなかったな、と、とぼけた顔で、三洲はポケットに入れたままのプチビットを一粒パッケージから転がすと、真行寺の手のひらにちょこんとのせた。「はい、どうぞ」

「……たったの、じゅうぶんのいちだ」

せめて半分、五個ずつにするとか、恩情をかけてくれてもいいのにーっ！

「ウラメシそうな顔するな、セコイぞ真行寺」

煩わしげに睨んで、三洲は椅子《いす》から立ち上がる。

「アラタさんにセコイなんて言われたくないっス！」

「ほら、きみの荷物」

差し出されたナイロンバッグを、むっすりしたまま受け取って、

「あーあ、また売店で買わないと」

バッグの持ち手を肩に掛ける。「アーモンド、ダントツ人気で競争率メッチャ高いから、ゲットするの大変なのになあ」

他にもベルジャンスィートだとかストロベリーだとか味はいろいろあるのだが、棚に並んだ途端あっという間に消えてしまう、ちっちゃいチョコの中にちゃんとアーモンドが一粒入っている、香ばしさも実にグッドな、その名もアーモンド。

「それはそれは、お気の毒に」

「マジ、気の毒っスよ、俺」

はああと溜《た》め息を洩《も》らした真行寺に、

「なんだ真行寺、そんなに腹が空いてるのか？」

三洲が笑った。

「そりゃ、夕飯前だし、部活の後だし」

「じゃ、返してやるよ」

言うなり、三洲は真行寺の胸倉を摑《つか》んで引き寄せた。

目が、――点！

肩から滑り落ちたナイロンバッグが、ドサリと床に落ちた。

甘い匂《にお》いが鼻孔に届く。

柔らかくて温かな三洲の舌先は、比喩《ひゆ》でなく、甘い味がした。

僅《わず》かばかり残ったチョコレートの固まりが、真行寺の口の中へ届けられて、だが真行寺は、チョコレートを味わうより、さっき触れた三洲の舌先が恋しくてならない。

素早い三洲に逃げられてしまわないよう、両腕できつく抱きしめて、何度も何度もキスを重ねながら、

「好きです、アラタさん」

キスの合間に告白する。

「却下。ウルサイよ、お前」

いかにも迷惑そうなしかめっ面で、三洲が真行寺をジロリと見上げた。

「だってすっげー、好きなんだもん」

「勝手に言ってろ。俺は別にお前のことなんか好きじゃないからな」

「わかってます」

告白を、認めても受け入れてもらえないけど、「それでも好きです、アラタさん」

「しつこいぞ。静かにしろよ」

「アラタさんっ！」

そうしてひとしきりのキスの後、三洲はちいさく笑いをこぼすと、

「妬いたな、さては」

いきなりの、めっちゃ図星。

「や、妬いてなんか、いないっスよ」

ヤキモチも確かに妬いてはいたが（そりゃ、ずっと三洲とふたりきりでこんな密室にいられる副会長殿が、羨《うらや》ましくないといえばウソになる！）、今、それ以上にしみじみと嚙《か》みしめているのは、ささやかな優越感だ。

「はいはいはい。真行寺の主張は信じてやるから、そろそろ解放してもらえないかな。呼吸《いき》が苦しいんだ」

「イヤです」

やっとこの腕に三洲を抱けたのだ。抱きしめるだけならともかく、こんな雰囲気、滅多にないのだ。こんなにこんなにおとなしく、真行寺に対して（のみ？）暴れ馬のようなこの人が、しっとりと、この腕の中にいてくれるだなんて。しかも、自ら進んでキスしてくれただなんて！

「大路が戻ってくるぞ」

「見られても、俺はいいです」

奇跡のようなひとときを、もうしばらく堪能《たんのう》していたい。

「見られるのは俺もかまわないが、真行寺、生徒会室、出入り禁止になっても知らないぞ」

「——あっ！」

そうか、そうだった！

真行寺がこっそりと三洲に不埒《ふらち》な真似をしていた、なんて知れ渡ったら、いろんな場面であからさまな妨害を受けるに違いない。三洲の周囲半径百メートル以内接近禁止、なんてガードされたら、そりゃ辛《つら》い。

せっかく、もの凄《すご》い発見をしたのに、それが水の泡になったら勿体《もったい》ない！

どんなに素っ気ない態度を取られても、平気で足蹴《あしげ》にされてても、意地悪されようとプチビットを奪われようとも、きっと、この世でただ一人きり、三洲に告白することを許されている、真行寺。

じーん。

「さっさと帰ろう、空腹で死にそうだ」

真行寺の腕から解放され、荷物を手にした三洲が急《せ》かすと、

「なんだよそのセリフー、俺のプチビット奪ったくせにー、食べたくせにー」

床に落ちたナイロンバッグを拾って、真行寺は後に続く。

「俺の食べかけを半分くれてやっただろ」

「そうですけど」

正確には、半分以下だったような気がするが、もっと甘いものを味わわせていただいたので
ここは反論しないでおく。

明かりの落ちた森閑とした廊下を、肩を並べて歩く。

それだけのことなのに、隣りに三洲がいるだけで、ひどく、うれしい。

「——なんだ？」

こんなに暗くては、ニヤけた真行寺の表情など見えるはずもないのに、

「や、いや、なんでもないっス」

真行寺は慌てて首を横に振って、誤魔化《ごまか》した。

鼻で笑った三洲は、

「いつまでたってもガキくさいな、真行寺」

からかって、腕を伸ばすと、真行寺の髪をくしゃっと撫《な》でた。

恋するリンリン

もう、いい加減にしてくれよ！

喉元《のどもと》まで出かかった言葉を、ぐっと飲み込む。

「とにかく、なんとかしなさいよ、学費だってタダじゃないんだから」

「わかってるよ」

「わかってないから言ってるんじゃないの。いい清恭《きよやす》、せっかく崎家の御曹司とひとつ屋根の下にいるんだから、ちゃんとコネを作るのよ。でないと、モトが取れないじゃないの。ホントにもう、使えないんだから。誰に似たのかしら、やんなっちゃう」

金、金、金。いっつもそればかりだな。だいたい、学費だのモトだの偉そうに言うけど、学費を出してるのはアンタじゃなくて親父《おやじ》じゃないか。

胸を横切る反論を、だが、いつものようにどこかへ流して、

「悪かったよ、いつまで経っても不肖の息子で」

おんなじことを言う為に、三日に上げずに電話してくるなよ。

「とにかく、ゴールデンウィークに帰って来る時には、朗報を持参してちょうだいよ。学校の

成績なんてどうでもいいから、わかった？」

「わかってるってば。もう五分経つから、切るよ、お袋」

「ああ、やめてやめて、その呼び方。一気に年を取った気分になるわ。嫌がらせじゃないんなら、ちゃんとママって呼んでちょうだい」

高校生にもなって母親のことをママなんて、みっともなくてとても呼べない。

「わかったよ。じゃあな」

「清恭、ママ」

「……ママ」

「もっと大きな声で言いなさいよ、聞こえないでしょ」

「おやすみ、ママ！」

叫ぶように言って、都森《つもり》清恭はガチャンと受話器をフックへ戻した。

周囲の学生が（色んな意味で）ギョッと清恭を振り返る。

祠堂の公衆電話は、屋内にありながらも、ある程度の（完全防音とまでは、さすがにいかないので）会話のプライバシーを確保する為に、ガラスで仕切られたボックス型になっているのだが、あれだけの大声となると、周囲に丸聞こえである。

担任から既に、態度の悪いナマイキな問題児のレッテルを貼《は》られてしまっている清恭だが、特に反抗した覚えはない。むしろ、祠堂に入学してから、至っておとなしくしていたつもりだったのだ。

横柄な態度と目つきの悪さが原因だとわかってはいるが、普通にしてても横柄と批判され、ぼんやりしていただけでガンつけてると誤解されるのだ。努力したところで、簡単にどうにかなる問題でも、あるまい。

だが、どう誤解されようと、素《す》の清恭は、普通の十五才の少年である。口に出せずとも、父親の愛情も母親の愛情も求めている、親に守られていたい、普通の子供なのである。——わかってくれる人は、もしかしたら、この世にひとりもいないかもしれないが。

気がつくと、夕食後に賑《にぎ》わう学生寮を抜け出し、夜の深い闇《やみ》の中、足が温室へと向かっていた。

広い広い祠堂の敷地、その隅に、主な施設から遠く隔たり、鬱蒼《うっそう》とした森林に埋もれるようにポツンと建っている温室は、生物部の所有であり、活動の場でもある。が、立地条件があまりに不利なせいか、日々の活動は専ら手近な中庭の手入れや校門脇《わき》の花壇などメインどころに終始し、肝心の温室に部員の姿を見ることは、滅多にない。

それでも、花の名前なんてバラや桜くらいしか知らない清恭にも、丹精して育てられているとわかる温室の植物たち。部員は滅多に現れないが、温室の住人と呼ばれるほど入り浸っている生物部の顧問で生物の教師である大橋《おおはし》が、日々手入れをしているからである。

闇夜に導かれる蛾や虫のように、夜でも照明を落とさない温室の灯を目指して、清恭は木々の間を縫うように続いている小径《こみち》を、一心に歩く。

こんな時間でも、もしかしたら誰かいるかもしれないと外から温室の中の様子を窺《うかが》って、人影がないのを確かめてから、休館日の植物園のように植物がひときわ大きく映る森閑とした温室へ、施錠されていない扉からそっと入った。

すると、どこからともなく軽やかな鈴の音が近づいてくる。

超能力でもあるんじゃないかと常々清恭は思っているが、名前も呼んでいないのに、清恭が温室に入って来ただけで、いつの間にか足元に絡みついているリンリン。

大橋の飼い猫で、数週間前の日曜日に清恭が道端で拾った、ちいさな黒猫。

今夜も、密生する植物の隙間《すきま》からふたつのまあるい瞳《ひとみ》をツルリと輝かせて、高い声で一鳴きすると、リンリンは全力疾走で清恭のズボンの裾《すそ》に飛びついて、あれよあれよと言う間に肩までよじ登り、その場に落ち着いた。

「相変わらず、そこがいいのか？」

落ちるなよと笑う清恭に、応《こた》えるようにリンリンが鳴く。——肩がほんのり、あったかい。

リンリンを振り落とさないよう慎重に歩きながら、切り株の椅子《いす》に腰を下ろす。

「まーたお袋にどやされちゃったよ、リンリン」

そんなにせっつかれても、どうにもならないことだってある。

ふてぶてしい印象を与えるが、その実、人見知りが激しい清恭に、いきなり崎義一と懇意になれと命令されても、途方に暮れるだけだ。

両親の都合優先の身勝手な要求。それでも、理不尽な要求とわかっていても、親の期待には応えたかった。

口ではどんなに反抗的なことを言っても、清恭は、実質両親に逆らったことなど、ついぞないのだ。だから、全寮制の男子校などという不自由な高校にも入学したし、無理を自覚しつつも、崎義一と繋《つな》がりを持とうと、努力はしている。

「いつも、眼差《まなざ》しひとつであしらわれてるけどさ」

近づこうとすると、一瞥《いちべつ》される。それだけで、腰が引ける。「遠くから見てるとただ綺麗《きれい》なだけなのに、間近で見ると迫力あるんだぜ、崎義一って」

清恭の顎《あご》の辺りにちいさな頭を擦り寄せて、リンリンは眠そうに、大きなあくびをした。

その、あまりに緊張感のない仕草に、笑ってしまう。

「まさかリンリン、ここで寝るつもりじゃないだろうな」

清恭の肩に甘えるようにちいさな爪《つめ》を小刻みに立てて、リンリンは目を閉じる。「コックリした拍子に、落ちるなよ」

ちいさくて柔らかくてあったかいリンリン。

この温《ぬく》もりに触れていると、ホッとする。

「あーあ、ゴールデンウィークに帰省するの、気が重いや」

苦く笑いながらぼやいて、清恭は眠っているリンリンの頭を撫《な》でた。

耳に届く、微《かす》かな寝息。

平和で長閑《のどか》な、静かな時間。

「俺《おれ》も眠くなっちゃったよ、リンリン」

猫の寝顔って、どうしてこう、眠気を誘うんだろう。

ガラスで覆われた温室は日光を容赦なく採り込むので、昼間はジャングルのように蒸し暑くなるが、さして熱を遮断しない材質なので、夜は室内の熱が外へ逃げてしまい、急激に冷え込む。そこで、必要なエリアには夜間のみヒーターが作動していた。それがちょうど、清恭たちのいる界隈《かいわい》だ。

大きな木のテーブルに、リンリンを落とさないよう注意しながら俯《うつぶ》せて、清恭も目を閉じる。——気持ち良い。今夜はこのまま、ここで寝てしまおうか。

点呼の時にいないと、また、問題になるだろうか。

清恭だから、脱走したかと疑われそうだ。

でも、いいや。誤解されても疑われても、いいや。

今夜はこのまま、リンリンと一緒にいよう。


「あれ、先生、鍵《かぎ》かけなくていいんですか?」

放課後、担任の手伝いをしてくれる心優しい教え子に、にっこりと微笑《ほほえ》みかけながら、

「いいんだよ葉山くん。最近は、あまり鍵はかけないんだ」

大橋はゆっくりと、温室の扉を閉めた。

「物騒じゃないですか?」

「盗まれそうな貴重品なんて、この温室にはないからね」

そんなことはない。——ブラックホールの胃を持つ食いしん坊が、秋の収穫を楽しみにしているさつまいもの苗が、温室の一角に植えられていた。

まあね、それを貴重品と呼ぶのは、あまりにさもしいかもしれないけれど。

夕暮れ迫る林の小径を、のんびり寮へと戻る道すがら、

「実はね葉山くん、最近リンリンが、あの扉を開けて出入りしてるんだよ」

真面目《まじめ》な顔で、大橋が言った。

「先生。ぼくがどんなに世間に疎くても、猫があんなに大きなガラスの扉を開け閉めするなんて話、信じませんよ」

反論に、大橋が笑う。

「そうか、信じないか」

「当たり前ですよ。担がないでくださいよ、先生」

大橋にはベッタリでも、相変わらず人に慣れないリンリンは、さつまいもが植えられて以降、ほぼ日参している託生にさえ、逃げはしないが、近づいても来なかった。

「ところがね、葉山くん、リンリンは悪い魔法使いに魔法で猫に変えられてしまった、可哀想《かわいそう》な王子様なんだよ」

「——先生」

「夜になると魔法が解けて、人間に戻れるんだ。ところがまだちいさな子供だからね、せっかく自由に歩き回れるのに、扉に鍵がかかっていると外に出られないんだよ」

「なんですか、それ」

「ははは。冗談はさておき、リンリンって本当にプ、チ、プ、リ、ン、ス、っぽくないかい？」

訊《き》かれて、

「それはまあ、なんとなく、わかりますけど」

託生は頷《うなず》いた。

プライドの高そうな孤高な感じが、王子様っぽいと言えば、そうかもしれない。

あれ？

「でも先生、リンリン、確かめたら女の子だったって、前に言ってませんでしたか？」

大橋はひょいと肩を竦《すく》めると、

「そうだったかな？」

とぼけて、白衣に両手を突っ込んだ。

彼と月との距離

『みなさんは、月がいつも地球に対して同じ面しか向けていないのを知っていますか？　星はその大きさや質量にかかわらず、どのような星でも本来自転したいものなのです。ところが月の場合、地球の引力が強過ぎて自転することができないのです』

「高林《たかばやし》、前にすばる天文台の特別展に行きたいって言ってたけど、もう行った？」

昼休み、イベント情報誌をめくっていたクラスの友人に訊かれて、

「んー、まだだけど」

のんびりと応《こた》えていた高林泉《いずみ》は、

「今週の日曜日までだってさ、どうすんの？」

の一言に、

「えっ、今週の日曜まで⁉」

友人の机の上へ大きく身を乗り出した。「行く行く、行くに決まってんだろ！」

日本が世界に誇る、ハワイ島マウナケア山頂にある国立すばる天文台。

ロボットアーム制御による有効口径八・二メートルもの一枚鏡の大型望遠鏡で、最先端の技術を駆使し、地上観測でのあらゆる不利な条件を克服しつつ、最も遠いクェーサー、四〇〇億光年の宇宙の果て、つまりは宇宙の始まりをも捕らえようとしている。

「ホントだ、終わるのまだまだ先だと思ってたのに、やっぱいなあ。三年になってから時間が過ぎるの早くって、参っちゃうよね」

三年になっても相変わらず、どこからどう見ても美少女のようなキレイな高林泉クン。新入生がうっかり彼に見惚《みと》れるシーンを、もう何度目撃したことか。二年以上のつきあいですっかり見慣れてるはずの自分たちでさえたまに見入ってしまうのだから、無理もない。

それにしても。

「なあ高林、その、吉沢とはその後、どうなってんの?」

信望も厚い階段長にして弓道部のエース、吉沢道雄《みちお》。全国大会個人優勝を狙《ねら》う高校生活最後のインターハイ地区予選が、そろそろ始まる頃ではなかったか?

「どうって、別に」

軽く肩を竦めた高林泉は、ぼくたちつきあってるわけじゃないしさ、と続きそうな、どうってことない口調で、「ぼくが毎晩、吉沢の部屋に押しかけてるんだけど、なかなかふたりっきりになれないもんだよね。最近ちょっと、欲求不満かな」

「……はあ」

そうか、やっぱり、そうか、――そうか、エッチとかしちゃってるんだ。そうか。

「なんだよ」

不審げに眺められ、友人は慌てて、

「いやいや、それは大変だなと、同情をね」

あんなにストイックそうなルックスしてるのに、やること、ちゃんとやってるんだ、吉沢って。――ある意味、順風満帆な人生だよなあ、吉沢って。


『それは太陽系に於《お》ける水星も同じです。水星も太陽に対して、常に同じ面を向けています』


「え、練習試合？」

って、今週の日曜日だったの？

訊《き》き返した泉の口調に感じるものがあったのか、吉沢は慌てて顔の前で手を振ると、

「でも、インターハイの地区予選じゃないから、それは来月、五月に入ってからだから、そんなに気にしなくていいよ、高林くん」

動揺が、泉への呼び掛け方まで間違えさせる。

新学期が始まって以降、冗談でなく毎晩四階のゼロ番、吉沢の部屋を訪ねている泉は、今夜も自分の部屋に帰って来たかの気軽さで吉沢の部屋へ入って来て、どんな来客にも関心を示すことなく、自室で寛《くつろ》ぐが如《ごと》く吉沢のベッドの上で雑誌を読み耽《ふけ》っていた。

そんな泉へ、もうじき消灯という時間、室内にふたりきりになったのを機に吉沢が照れたように切り出したのが、今週末、三日後の日曜日の練習試合に、良ければ応援に来てくれないかな、の一言だったのである。

どんな時でも礼儀正しい吉沢だけど、ふたりきりの時はいつもの『高林くん』という名字じゃなくて、ちゃんと『泉』って名前を呼び捨てにすること。つきあい始めてすぐにそう決めたのに(泉が一方的におねだりしたのだが、了承された以上これはふたりの取り決めだ!)吉沢ときたら、やはり根っからの真面目《まじめ》なキャラクター故か、動揺した拍子に必ず取り決めが決壊する。ひょっこりと、泉を高林くんと呼んでしまう。だから泉には、わかってしまった。

わかってしまったけれど、——どうしよう。

迷う泉の気持ちを知ってか知らずか、

「先約があるならしようがないよな、ごめん、こんなギリギリに言い出したりして」

済まなさそうに、吉沢が続ける。

いや、ここで吉沢が謝る必要はまったくないのだ。――僕こそごめんね、吉沢、思い出したよ。地元の新聞社も取材に来る（もちろん目当ては吉沢だ）インターハイ地区予選を睨《にら》んでの大切な練習試合がその日だと、とっくに吉沢から聞かされていた。うっかりすっかり忘れていたのは、泉だ。

「あ、謝らなくても、いいけどさ、吉沢」

けれど、ただ街に外出する程度の約束ならば迷わずキャンセルする泉だが（吉沢の為なら、ドタキャンだろうと周囲からワガママモノのレッテルを貼《は》られようと、ちっとも平気なのだがしかし）今回はちょっと、事情が違う。

「あの、あのさ吉沢、前に話したと思うけど、すばる天文台の特別展、あれ、今度の日曜日までなんだ」

「ああ！」

いきなり合点した吉沢は、無理無理笑顔ではなく、「それって、たか、じゃない、泉が前からすっごく楽しみにしてたのだね」

嬉《うれ》しそうに、笑った。

心優しい恋人は、泉が望むいろんなことを、まるで自分の楽しみのようにちゃんと覚えていてくれる。心優しいだけでなく、記憶力が良かったりアタマの回転が速かったり気配りの達人だったりと、それはもう、のんびりとした外見に似合わず、吉沢ときたら優秀なのだ。

「そうか、今度の日曜が最終日なんだ」

「場所が遠いから、土曜日に行くのはとても無理だし」

「着いたら終わってたりして？」

「うん、そんな感じ。それに、日曜が特別展の最終日だから、国立天文台職員による講演もあるんだって。第一線で働いてる人からナマの話が聞けるチャンスなんて、そうそうないし」

「なら泉、もちろん日曜はそっちに行かないと」

誰にも誰にも内緒だが（まだ、めっちゃ仲良しの母親にさえ言ってないのだが）泉の夢は天文台で仕事をすること、なのだった。父と同じく天文台専任の技術者になるか、もしくは天文学者。絶対笑うのだろうなと予測していたのに、真面目な顔して泉の将来の夢を最後まで聞いてくれた吉沢は、だったらすごく頑張らないと、と、泉に言ったのだ。世界に天文台は数えるほどしかなくて、けれど技術者になりたい人はたくさんたくさんいるだろうし、況《ま》してや天文学者となれば、それはそれは狭き門なのだろうから、苦手な数学や物理とか、多分、論文を書くのに英語も必要だろうし、とにかく、星を眺めてるだけじゃなくて、いろんなこと、たくさん勉強しないと。と、真剣に泉に語ったのだ。

「――うん、ありがと」

吉沢が自分の試合の応援よりすばる特別展を優先してくれて、それはそれで嬉しいけれど、応援に来るって約束したのが先なんだから、すばる展よりこっちを優先しろよ、なんて言われたら、絶対ブチ切れるに決まってるのに、なんだか、なんとなく、すっきりしない。

「応援行けなくてごめんね、吉沢」

「いいよいいよ、気にしなくて。せっかく行くんだから、堪能《たんのう》しておいでよね」

そう言ってくれる吉沢の首に腕を回して、泉は吉沢の頬《ほお》へ口唇を寄せた。

「……泉？」

「しようよ、吉沢」

囁《ささや》いて、キスをねだる。

「――え、ここで？」

当惑する吉沢に、

「ここ以外の、どこでするのさ」

おかしそうに泉は笑って、吉沢を彼のベッドへと引っ張った。

『引力の強さは地球と月との距離に比例していますが、月は毎年、少しずつ地球から離れているのです。強過ぎる地球の引力から解放され、やがて月が自転する瞬間が訪れます。それは、みなさんが生きている間に、ということではありませんが、わたしたちの遠い子孫は、今、わたしたちが見ている天体とは違うものを見ることになるのです』

明かりの落ちた暗い廊下に、一筋の細い光が伸びていた。

天文部の部室、一センチほど開いたドアの隙間《すきま》から室内を覗《のぞ》くと、予想どおり、高林泉が小型テレビの前で食い入るように画面を見つめていた。

線の綺麗《きれい》な華奢《きゃしゃ》な背中。美少年は後ろ姿も、美少年だ。

「相変わらず熱心だなあ」

いつものように、興味のない人にとっては退屈なスタッフロールまで（映画ではなくテレビ番組なので短いのだが）きっちりと見てから、泉はビデオの巻き戻しボタンを押す。

こぢんまりとした天文部の部室。さほど広くないスペースに、歴代部員が苦労して撮影した星座の写真や天球儀、星座の早見表やら天体望遠鏡やらがきちんと置かれている。それらに紛れるようにこっそりと持ち込まれている、ビデオがテレビと一体になったテレビデオ。

アンテナもケーブルの配線もない校舎内、テレビはあっても放映されてる番組を受信することはできないのだが、実家の母親に頼んで録画してもらっている宇宙に関するテレビ番組のビデオを（NHKものばかりだが）部活動が終わってから、たまに見ていた。

「面白かったね」

後ろから声を掛けられて、泉は驚いて振り返った。

「あれ、いつからいたんだよ、政史《まさし》」

「ちょっと前かな。終わりのところだけだけど、うっかり見入っちゃったよ」

「どうせ見るならドアなんかに立ってないで、中に入って来れば良かったのに」

「そうだね」

お邪魔します、と誰へともなく挨拶《あいさつ》して、政史が部室に入って来る。「なんか、やたらとわかりやすい番組だったね」

「ああ、多分、小学生向けなんじゃない？」

「エンドロールにカタカナがたくさん並んでたけど、異文化もの？」

「そうだよ、外国もの。向こうのって解説の仕方が独特だよね。具体的だし合理的だし、ＣＧも多用されてるから、わかりやすいし見やすいよね」

「泉にすれば当たり前の知識かもしれないけど、月が自転してないのは知ってたけど、水星までがそうだとは知らなかったよ。——ああ、そうか。太陽の引っ張り回す力が強いから、だから太陽系の主な惑星って、一番影響力の強い回転軸の垂直ラインに、一直線上にきれいに並んでるんだ」

新鮮な感動、天文学も悪くない。「こういうビデオを、そのまま学校の授業に流用しちゃえばいいのに。そしたらもう少し理科の平均点、上がるんじゃないか」

笑った政史に、泉も笑う。

「理科かあ、懐かしい響きだなあ」

「でも実際にそんなことしたら、手抜きの授業って、父兄から非難されちゃったりして」

「ありえるありえる」

大きく頷《うなず》きながら、泉は巻き戻ったビデオテープを取り出すと、きちんとケースにしまい、教科書の持ち歩き用に使っているA4のソフトレザーの鞄《かばん》へ入れる。

ちっちゃい頃から世間から大いに甘やかされて育ってきたであろうと容易に想像させる外見の泉だが、事実、泉だからこそ通る話も山とあるのだが、高校三年になった現在も女の子と間違われることが度々あるという美少女のような美少年の泉は、けれど、大好きで大好きで大好きでたまらない吉沢道雄とつきあうようになって以降、強烈に威力のある自分の外見をあまり利用（悪用？）しなくなった。――吉沢と恋人同士になってから他の人などどうでもよくなって、それで却《かえ》って自然体でいられるようになったのかもしれない。

泉を目当てにわらわらと天文部へ入部してきた『なんちゃって天文部員』たちなど鼻にも掛けず、至ってマイペースに部活を続けている泉からは、語らずとも、本気の匂《にお》いがした。

「あれ、政史、荷物は？」

手ぶらの政史に、「部活の帰りじゃないの？」

泉が訊《き》く。

「いや、今日は茶道部、活動ないんだ。寮に戻ってから忘れ物に気がついて、教室へ取りに来たら途中でここの明かりが見えたからさ、泉が居残ってるんじゃないかと思って、覗いてみたんだ」

「じゃ、一緒に帰ろう」

「弓道部経由で？」

暗に吉沢のことを冷やかすと、泉はいきなり押し黙り、

「ううん、まっすぐ帰る」

首を横に振った。

「珍しい。ケンカ中？」

テレビのコンセントを抜き、ざっと戸締まりを確認した泉は、

「ケンカはしてないけどさ」

言って、溜《た》め息を吐《つ》いた。

「ケンカしてないんなら、吉沢くん、泉のこと待ってるんじゃないのか？」

時間的に、そろそろ弓道部の活動が終了する頃だ。

二年生に進級してすぐ、どういう経緯でそうなったのか詳しいことは友人たちの誰も知らないのだがとにかく、あんなにギイにご執心だった泉が青天の霹靂《へきれき》のように吉沢とつきあい始めてから、泉はほぼ毎日、帰りがけに弓道部の道場へ立ち寄るようになった。

運動部である吉沢の弓道部が終わるのは文化部より一時間ほど後なのだが、練習が終わるのを待つついでに道場での吉沢の雄姿を拝めるので、泉にとっては待ってる一時間も楽しい時間、加えてふたり一緒に帰れるのだから、まさに願ったり叶《かな》ったりなのである。

「かもね」

練習中は集中していて、泉のことなどチラとも思い出しもしないだろうが、外に出て、いつもはそこにいるはずの泉がいなかったら、吉沢は、どう思うのだろうか。

「もしかして、迎えに行くの飽きちゃった、とか？」

「そんなんじゃないよ」

即答した泉に、政史は軽く肩を竦《すく》めると、

「泉がいいならそれでいいけど、きっと吉沢くん、心配してるよ」

泉になにかあったんじゃないかって。

「迎えくらい、いいんだよ。それでなくても三年になってから毎晩吉沢の部屋に押しかけてるんだから、帰りくらい別々な方がいいんだよ」

「ふうん」

一般論だとそうかもしれないけど、でもちょっと、それって泉らしくないよね。

とは思ったが、口にはしない。

「僕のことより政史、オトコマエの中前《なかまえ》クンのことは、どうしたんだよ」

「あ……、別にどうもしてないけど」

「大事な後輩の恋路だからって、吉沢も気にしてたよ」

自分のことは棚に上げ、政史を冷やかす。

弓道部の二年生で、第二の吉沢と周囲から目茶苦茶期待されている、中前海士《かいじ》。やや線は細いが、弓どころか竹刀《しない》も似合いそうな若武者風なルックスで、ところがその凛々《りり》しい外見に反してからかうとすぐに真っ赤になる純情さが大受けで、名字をもじって『男前の中前クン』などと更にからかわれる呼び名をいただいているのであった。

そんな中前海士が（これまた、本人だけはひた隠しにしていたつもりなのだろうが実はバレバレの）泉につきあってたまに弓道部経由で帰っていた岩下《いわした》政史に一目惚《ひとめぼ》れしてからかれこれ一年間の片想《かたおも》いに、春休みに入る直前、終止符を打ったのであった。

『今度のインハイ、レギュラーメンバーに選ばれたら、つっ、つきあってくれませんかっ』

さすが第二の吉沢、並み居る三年生を押しのけて、二年でレギュラー入りを狙《ねら》うとは。

確かに吉沢は異例中の異例で、昨年二年生でありながら選抜に選ばれたのだが、それには、群を抜く吉沢の実力、それ以外に、巡り合わせというものが大きく影響していたのであって、代々のしきたりとも言うべき年功序列のルールがある以上、いくらなんでもそう簡単にレギュラーに選ばれたりは、しないのである。

「五人のレギュラーの、五番目候補が片倉《かたくら》だもんな。中前が選ばれるってことは片倉がレギュラー落ちするってことだから、政史が悩むの無理ないけど、僕は、片倉より中前の方がお買い得だと思うな」

昨年泉は吉沢が目的で弓道部へ通っていたが、たまにつきあってくれた政史は泉の隣りで、なにげなく、政史と同室だった片倉利久を目で追っていた。

泉は散々吉沢ののろけを政史に喋《しゃべ》るが、泉の一方的な話を政史は楽しそうに聞いているだけで、彼は自分のことを進んで話すタイプではない。――でも、なんとなくわかっていた。

無論、泉が勝手に憶測しているに過ぎないことを、誰にも、恋人の吉沢にだとて話したりはしないが、この前のバレンタイン、どさくさ紛れに政史が片倉にチョコレートを渡したことは吉沢から聞いて知っていたし、流れでおすそわけを頂戴《ちょうだい》してしまったものの、いくら同室のよしみでも自分が惚《ほ》れてる人が他の人にチョコレートを渡したなんて、と、いきなり気持ちが煽《あお》られて、中前が政史に告白する決意をしたのも、それがきっかけだったのだ。

三月のホワイトデー、当たり前と言えば当たり前だが、片倉は政史になにも返さなかった。

「それに片倉、春休みに彼女ができたんだろ？」

寮則により部屋はバラバラでも、今年も同じクラスになった政史と片倉。泉はふたりとはクラスは違うが、狭い祠堂、情報はマッハの速さで駆け巡る。

「そのネタで毎日クラスで冷やかされてるよ、片倉くん」

曖昧《あいまい》な表情で、政史が笑った。

「やめちゃえよ、あんなヤツ」

「なに、それ」

「義理チョコにだってお返しがあるんだぜ、なのにナニサマのつもりだよ、片倉」

「泉――」

「政史に好きになってもらう資格なんか、片倉にはない」

「……別に、片倉くんのことは、なんとも思ってないよ。泉、誤解してるよ」

「誤解でもいいけど、言わせろよ。片倉なんか、政史にちっとも相応《ふさわ》しくない。あいつには武士の情けってもんがないんだから」

時代がかった泉のセリフに、つい、政史は吹き出した。

「それ、敵陣に塩を贈ること？」

愛くるしい外見との、なんたるギャップ。

「そうだよ！　笑うなよ、僕が真剣に話してるのに！」

「だって、泉」

自分のことじゃないのにそんなにムキになってくれるから、どうしていいか、わからなくなる。

「ねえ政史、もし中前がレギュラーに選ばれなかったとしても、その心意気だけで充分じゃないか。つきあっちゃえよ。アイツは外見だけじゃなくて、冗談でもなくて、中身もオトコマエだと、僕は思うな」

「でも、泉」

「んでもって、少しは後悔すればいいんだ、片倉のヤツ」

「……それとこれとは、関係ないよ」

政史が中前とつきあうことになったからって、片倉利久が後悔するとはとても思えない。彼には地元に彼女がいて、毎晩電話でデートしていて、現在しあわせ真《ま》っ只中《ただなか》なんだから。同じ元同室者でも、自分は葉山託生じゃないから、部屋が別れたら、ただのクラスメイトのひとりに過ぎない。「それに泉、もし五人の枠から落ちても、六人目は補欠で入れるんだよ」

「だーっ！　もー、そーゆーことを言ってるんじゃなくてーっ！」

拳《こぶし》をグーに握って、「とにかくっ！　僕は中前に一票なんだよっ！」

泉が叫んだ。

「なにしてるんですか、吉沢先輩？」

道場の外でぼんやり突っ立ってる吉沢に、不思議そうに中前海士が声を掛けた。

「あ、お疲れさま」

言われて、

「お疲れさまです」

中前もペコリと挨拶《あいさつ》を返す。

そして、間。

「……あの、高林先輩、待ってる、んですよね？」

「え？　あ、うん」

いつもなら、とっくに現れてる時刻なのに。

心配そうな吉沢の横顔へ、

「急用でもできたんじゃないですか？」

慰めるとかそういうのではなく、言った。だって、普通はそうだから。

「急用か。そうかもしれないな」

ふられたとか、嫌われたのでなければ。——む、不吉。

泉のことだ、もし急用ができたなら、星の数ほどいる彼のシンパを遠慮なく伝言バシリに使うであろう。

それがない、ということは、

「あー、なにかやったかな、俺《おれ》……」

知らぬ間に、泉の機嫌を損ねるようなこと、してしまったのだろうか。

昨夜のあれやこれやを反芻《はんすう》してみたが、特に思い当たることはない。自分で言うのもナンだが、あれだって、そんなに悪く、なかった、はずだ。——多分。

赤面を自覚してこっそり俯《うつむ》いた吉沢に、

「こういう時、携帯が使えるといいですね」

ポソリと中前が言った。「祠堂、携帯禁止だから」

こんな山奥にありながらも、近隣は住宅地なので、せっかく電波は入るのに。

「団体生活だからね、それはしようがないよな」

許可した途端、間違いなく、寮の電気代と騒音レベルが急上昇するに違いない。

寡黙というほど無口ではないが、口数の多い方ではない中前からは、全体的におとなしい印象を受ける。先天的に柔らかい関節の持ち主で、しなやかに伸びた背筋から放たれる矢は、同じようにしなやかに、力強く、的を射る。

「先輩は、隠れて持ってないんですか？」

先生にバレたら即没収、だが、「こっそり使ってる上級生、けっこういますよね」

「いるけど、まがりなりにも階段長だしな、俺」

示しがつかないと、やりにくい。「なに中前、もしかして、持ちたいんだ？」

「時々、あると便利かなって、思います」

「そうなのかい？　中前って携帯かかってきても、シカトしそうなのに」

「別に喋《しゃべ》るのが嫌いなわけじゃ、ないですから」

「でも、余計なことは一切喋らないよな」

だから、好感が持てる。「そういうところもオトコマエだ」

からかうと、案の定、中前は赤らんで、

「そ、それは違うと、思います」

謙遜《けんそん》する。

そんなことはないよ。——どんなに言いにくいことでも、必要なことはちゃんと言葉にできる勇気も、持ってるじゃないか。

勝算のない告白なんて、自分にはとても、できそうにない。

そんな吉沢が泉と両想いになれたのは、間違いなく、奇跡である。

「新学期が始まってからずっと、練習気合入りまくりだな、中前。——やっぱりレギュラー入り、狙《ねら》ってるんだ？」

訊かれて、躊躇《ためら》いがちに吉沢を振り返った中前は、それでも頷《うなず》いた。

「無茶なことしてるって、わかってますけど」

「諦《あきら》めてなかったんだ、岩下くんのこと」

「そう簡単には……」

「……だよね」

「それに、こうでもしないと、自分でも踏ん切りがつきそうにないんで」

中前の告白に、最後まで黙ったきりだった岩下。

突然の出来事に動揺した政史から、後日相談を持ちかけられた泉に、相談の上乗せ付きで、吉沢も概要だけは聞かされていた。

『ねえねえ、吉沢的には、中前って、どう？』

どうもこうも、なにをどう応《こた》えればいいのやら。

なので、

『部活の後輩だし、うまくいくものなら、うまくいって欲しいけどね』

という、当たり障りのない返答をしたのだが、

「告白をうやむやにされてから、どうしたのかなと気にはなってたけど、……そうか、現在進行形なんだ」

「そうです、うやむやなまま、現在進行形です」

肯定も否定もされなかった告白。彼が返事を曖昧《あいまい》なままにしたのは、返答を避けたのは、彼が迷っているからではないかと、感じた。肯定も否定もできない、迷い。そこには、ありがたいことに可能性が潜んでいる。

だから、諦めないことにした。

「それでレギュラー入りを狙って、目茶苦茶頑張っていると？」

「メンバーに入れたら、そしたらもう一度、申し込もうと思って」

残された唯一のチャンス。だが、展開としてはかなり厳しい。

実力だけなら楽勝でレギュラーレベルの中前だが、吉沢が直面した壁と同じ壁が、彼の前にも立ちはだかっている。

「でもなあ、祠堂は団体戦にはさほど力を入れてないからなあ」

勿論《もちろん》、勝てればそれに越したことはないのだろうが、吉沢の個人優勝にはあんなに熱を入れて期待してよこすのに、団体選抜の選考基準ときたら相変わらず年功序列の伝統のまま、真剣勝負と言うよりは教育的配慮の匂《にお》いが強く、三年間頑張ってきた御褒美にインターハイに挑戦させてあげようね、という、三年生優遇措置のままなのだ。

今年の三年生は十人。校内予選とは名ばかりの形式だけの選考会があるにはあるが、そこで中前がどんなに素晴らしい成績をおさめたところで、おそらくたいして効力はない。

今週末の練習試合には、向こうの弓道場が八人立ちということもあり、せっかくの機会を無駄にしないよう、できるだけ多くの部員に試合慣れさせておきたいことと、ひとりひとりのコンディションを把握しておきたいという先生側の目論《もくろ》みもあり、インターハイを睨《にら》んでの五人ではなく、プラス三人の八人での試合となったので、顧問は三年生ばかりのメンバーに、唯一

（それでも祠堂弓道部としては例外的に）中前を入れたのである。

期待はしている。けれど、それは飽くまで来年の活躍を見据えて、なのだ。

「ダメモトでも、いいんです」

中前がからりと笑う。「ただ俺、片倉先輩が――」

言いかけた時、

「お疲れー」

彼らの背後から、当の片倉利久が声を掛けた。

ギョッと身を竦《すく》ませた中前は、

「あっ、お疲れさまです！」

慌てて振り返って挨拶《あいさつ》を返す。

「あれ、吉沢、高林は？」

吉沢の隣りには高林泉。ふたりセットが通常なので、「てっきりもう一緒に帰ったかと思ってたのに、どうしたの？」

訊《き》かれて、

「えー、と」

落ち込みが再来した。「や、よくわかんないんだけどさ、いつまでここにいてもしようがないし、帰ろう、帰ろう」

もし今夜、泉が部屋に来てくれなかったら、自分が彼を訪ねて行こう。

どっぷりと日が暮れた夜道を、行きがかり上、三人で寮へ向かう。

咄嗟《とっさ》に呑《の》み込まれた中前のセリフ、続きが気になりながらも、中前がレギュラー入りしたら片倉はきわどいなあなどと、こっそり噂《うわさ》されているのを知ってか知らずか、普段どおりのおどけた調子の利久と、どうしても利久を意識してぎこちない口調になる中前の、目の前で繰り広げられるちぐはぐなやりとりより、もっと気になる恋人の心中を慮《おもんぱか》り、吉沢の歩調は知らず、早くなっていた。

無意識の溜《た》め息が、また、こぼれた。

三階のゼロ番に所用で訪れていた新一年生が、その度にそわそわと肩の辺りでそっちの気配を探るのが面白い。

同じ高校三年男子とはとても思えない美少女の如《ごと》き高林泉は、大きく開けた窓の桟へ頬杖《ほおづえ》をつき、浮かない表情で曇った夜空を見上げていた。

全寮制男子校にはあまりに不似合いなそのルックスだけで、この新入生が泉を気にするのは無理のない話だが、加えてあの溜め息だ。

用事が終わり、

「崎先輩、どうもありがとうございました」

礼儀正しくお辞儀をして、顔を上げた時、新入生がギイの肩越しにチラリと泉の姿を盗み見る。

「はい、お疲れさま」

言いながら（促すように）ポンと肩を叩《たた》くと、ハッと視線を戻した彼はみるみる赤面して、焦ってもう一礼すると、廊下へ出た。

ドアが閉まったと同時に、

「やーっと帰った」

ギイを振り返って、泉が言う。

「こらこら。その言い草は失礼だろ」

「どうしてだよ、僕の方が先客なのに」

ぷんとむくれて、泉は窓の桟を平手で叩く。「ったく、月も出てないし、今夜は最悪！」

新学期が始まって、諸事情により『迂闊《うかつ》には近寄り難いイメージ』というものを演出している崎義一の努力をきれいさっぱり無視するような、横柄なまでに人懐こい泉の態度。

「月は関係ないだろ、高林」

「もう、邪魔だな、これ」

言うなり、クールな印象を助長する銀縁メガネをギイの顔から奪うと、ポンとベッドの上に放ってしまう。「そんなの掛けてるなよ、話しづらいだろ。どうせなくても見えてるんだろ、無意味じゃん」

ギイに対してこうも無遠慮に拗《す》ねてみせられるのは、祠堂広しといえど、高林泉、ただひとりであろう。——本来、唯一その権利を持つはずの恋人である葉山託生は、こうもはっきりと拗ねたりはしないので、託生がもうほんの少しだけ『高林泉化』してくれると、かなり楽しいに違いない。

「うっとりだな」

「なに？」

嚙《か》みつくように瞬時に返されて、

「いや、なんでも」

メガネを拾って掛け直したギイは、「高林が、フロアを一階下に間違えてるんじゃないのかな、なんて、思ってないから」

「確かに階はひとつしか違わないけどね、ギイのゼロ番と吉沢のゼロ番とじゃ、この細なが～い寮の、西端と東端じゃないか」

そんなマヌケな間違い、誰がするかよ。

と、睨《にら》んで、恋する美少年はまたしても溜め息を吐《つ》く。

やれやれ。

父親か兄のような心境で、ギイはこっそり笑みを洩《も》らした。

「新学期が始まってから、吉沢の部屋、日参してるんだって？」

四階のゼロ番には天使がいる。と、新入生の間で評判になっているほどなのだ。

ルックスだけなら確かに天使かもしれないが、

「なんだよ、文句あるのかよ」

「ないって」

苦笑したギイは、「そう尖《とが》るなよ、高林。寮の部屋が別れても、毎日吉沢と会ってるってのに、なんだってそうご機嫌斜めなんだ？」

吉沢との関係で煮詰まると、どうしてか、ギイへ八つ当たりに現れる高林。プライドが邪魔して恋愛相談なんてどの友人にもできないくせに、どうしてか、以前好きだったオトコを相手に、あーだこーだとクダを巻く。

それはそれで、友人としては可愛《かわい》いけれど。

「もしかして、今年のゴールデンウィーク、吉沢が帰省しないで学校に居残るのが気に入らないのか？」

五月から早速始まるインターハイの地区予選。昨年全国大会で個人準優勝を見事獲得した吉沢への期待は否《いや》が応にも高く、当然今年は優勝をと、連休返上で彼は祠堂の弓道場で練習の日々を送ることになったのだ。せっかくの連休にどこかへ一緒にお出掛け、なんてことは、無理難題。

「そんなんじゃないよ」

今年こそは優勝してね、と、こっそりおねだりしているのは外ならぬ高林なのだから、彼の練習の邪魔なんかしない。

「吉沢のゼロ番に日参していても、来客が煩わしくてちっとも落ち着いてラブラブな雰囲気に浸れないのが不満だとか？」

「ちーがーう」

「なら、なに」

「あのさあギイ、ギイこそ葉山と疎遠気味で、つまらなくない？」

「オレのことはどうでもいいだろ」

「最近ちっとも一緒にいないじゃん。それって、つまんなくない？」

「高林、自分の相談に来たんだろ？　レポーターの真似がしたいなら、またにしてくれ」

「疎遠気味なのって、葉山のリクエスト？」

「――高林」

「だとしたら、それをすんなり聞き入れるなんて、随分ものわかり良いよね、ギイって」

ここでまたしても、溜《た》め息。

ははーん、わかった。

「ワガママだな、高林」

にやにや笑うギイに、

「まだなにも話してないだろ！」

泉が怒鳴った。

「聞かなくても。つまり、吉沢のものわかりの良さが不満なんだろ、ははは」

どんな我が儘《まま》を口にしてもすんなりと聞き入れてくれる恋人が不満だなんて、これ以上のワガママはないぞ、こら。

「……どうしてわかったんだよ」

俯《うつむ》いてボソッと泉が呟《つぶや》く。

「推理しました」

そもそも、引き際が良過ぎる吉沢の態度に、愛が足りない！　と癇癪《かんしゃく》起こしては、しょっちゅう（本人に、ではなく）ギイに八つ当たりしていたではないか。

「怒ってるとか、そう言うんじゃないんだけどさ」

昨夜のやりとりをかいつまんで話した泉は、「でも、吉沢の提案は正しいってわかってるんだけど、それじゃイヤだってのがぼくの本音だったんだもん」

「つまり、すばる展に行くなって言ってもらいたかったんだ？　そんなのに行かないで、弓道の試合の応援に来てくれって」

「実際にそんなふうに言われたら、絶対その場で激怒するけどさ。大事な大事なすばる展を、そんなの呼ばわりするなって」

「ははは。相変わらずの暴君ぶりだなあ、高林」

「矛盾してるのは、自分でもわかってるんだって」

だから吉沢にぶつけられないんじゃないか。

『――ねえ泉、お互いに大切なものがあるんだから、それはお互いに、ちゃんと大切にしてゆこう？』

行くなと言われたら怒るけど、あっさり、それじゃ気をつけて行っておいでと送り出されても、やっぱり腹立たしい。

「まあな、寛容と放任って、似てるもんな」

「そうだろ⁉」

「だからって、放ったらかされてるなんて、思ってないだろ？」

「——うん」

尊重されてる。そんなことは、わかってる。

「意外と束縛されたがりなんだな、高林」

「吉沢に、だけだけど」

「いやいや、愛されてるなあ、吉沢」

こんなセリフ、山下清彦《やましたきよひこ》あたりが聞いたなら、嫉妬《しっと》のあまり卒倒しそうだ。

「ねえギイ」

地球に強く拘束されて、身動きできない月が羨《うらや》ましい。——ような気分。「どうしたらいいと思う？」

「高林の矛盾はどうしてもやれないけどさ、まずは四階のゼロ番に行けば？　それで、オレに話したことをそのまま吉沢にも話してやれよ」

恋人同士に必要なのは、やっぱり会話だ。「吉沢だって本当は、俺《おれ》との約束を優先しろ、くらいのこと、言いたいんじゃないのか？」

「……わかんないけど」

「わからないなら余計、ちゃんと訊《き》いてみろよ。でもって、まだ吉沢が遠慮してるようなら、今回は吉沢の応援に行きたいんだよ、って高林から言ってやれば？　それで仕上げに、本当に押しかけちゃえよ」

「うん。……ねえ、ギイも葉山と、結論が出なさそうなことでも話し合ってる？」

「オレのことはいいの」

「教えてくれてもいいだろ、それくらい」

「最近はろくすっぽ喋《しゃべ》ってないよ。ただ、確かに交流は減ってても、それでもやっぱりあいつがオレ以外の誰かに深刻な相談を持ちかけたりしたら、穏やかじゃないね」

「――なんだよ、それ」

察しの良い泉が暗に含んだ意味合いに気づき、眉《まゆ》を顰《ひそ》める。

「高林が吉沢よりもオレを頼りにしてると吉沢に誤解されそうな行為は、あんまりしない方がいいかもしれないってこと」

「相談くらいしたっていいだろ、ギイ、友人じゃないか」

「ごめん、訂正、八つ当たりでした」

笑うギイを横目で睨《にら》んで、

「八つ当たりじゃないもん」

更にむくれる。

ギイに相談したくなるのは、ギイがいつも、その時に一番聞きたい言葉をくれるから。場合によっては、もしかしたら、敢《あ》えて正解に繋《つな》がる方法論を口にしないこともあるのだろうが、最優先すべきことが何なのか、ちゃんとわかってくれてるから。だから必ずしもそこで悩みや問題が解決するわけではないけれど、すごく気持ちが軽くなって、報われたような気がして、次に行く勇気とか元気とかが生まれてくるから。

彼はいつも、躊躇《ためら》う自分の背中を押してくれるのだ。

目一杯むくれた泉は、やがてちいさく息を吐くと、

「わかった、とにかく吉沢の部屋、行ってくる」

ドアへ向かった。

「健闘を祈る」

「ありがとう。ギイもさ、忙しいのはわかるけど、たまには葉山とデートしたら？　階は違うけど葉山の部屋、ここの真下なんだから、ある意味ご近所じゃないか」

「だから、オレのことはいいんだって」

「変なの」

「変じゃない」

「あんまりつれなくしてると、そのうち葉山に浮気されちゃうよ」

どんなに見た目が変わろうと、ギイの醍醐味《だいごみ》が変わるわけではないけれど、とはいえ、「そのメガネも邪魔くさいし、あ、でも、髪形の方はイギリスの貴公子ぽくって悪くないかも」

「高林」

「ということで、おやすみなさい」

「はいはい、おやすみ」

ドアまで泉を見送って、ついでに泉が開けたままの窓も閉めにかかる。

外に飛び出た観音開きの窓の把手《とって》を、腕を大きく伸ばして引き寄せた時、ふと、まっすぐな石の外壁伝いに下の窓が目に映った。——明かりが点《つ》いてる。

「ったく、恩を仇《あだ》で返すヤツだよなあ」

浮気されてたまるかよ。——人の気も知らないで、葉山葉山言いやがって。「気安く連呼するなよな」

会いたくなるだろ。

メガネを外して、窓の桟に肱《ひじ》を突いて凭《もた》れ掛かる。

なあ託生、今、なにしてる……？


館内に消灯十五分前の放送がかかった。

一際騒々しく、急いで室内に戻る学生たち。

そんな中、

「あ……」

階段を上がる中前と、

「——あ」

階段を下る政史とが、踊り場でバッタリと会ってしまった。

「こ、こんばんは」

「こんばんは」

早口で返して、政史は中前の脇《わき》を風のように駆け降りる。

通りすがり、微《かす》かに届いた政史の残り香に、中前は図らずもドキリとした。

繊細な輪郭の綺麗《きれい》な横顔。ビスクドールのような華やかな高林の綺麗さとは反するが、派手さはなくても、やっぱり彼は、綺麗だと思った。

すれ違うだけでも、それでも嬉《うれ》しい。

「なああ、岩下って茶道部だよな。なんで弓道部の中前が、部活の先輩でもないのに岩下に挨拶《あいさつ》すんの？」

一緒に階段を下りていた友人にキョトンと訊かれ、

「顔見知りだからだよ」

さも興味なさそうに、政史は応《こた》えた。

「ああそうか、去年岩下と同室だった片倉、弓道部だ。その流れ？」

「そういうこと」

「ひゃー、それにしても律義だなあ。先輩の知り合いにまでいちいち挨拶してたら、口が休まる暇ないじゃん」

教室移動の廊下で先輩たちのクラスと遭遇した時など、もう大変。運動部の後輩たちは、挨拶しまくり。「その点、文化部はいいね。そこまで上下関係、厳しくないから」

「茶道部も厳しいよ、上下関係」

「あっ、そうだった。茶道って、決まり事オンパレードだもんな」

なにからなにまで、枠の中。客として座る順番まで、明確だ。

「決められた世界をどう深く表して、味わってゆくかが茶道だから、別に窮屈なわけじゃないけどね」

第一、茶道だけじゃない。邦楽にしろ西洋音楽にしろ、歌舞伎《かぶき》や能だって、伝統あるものはたいていそうだ。横に広く、ではなく、縦に深い。

「ややこしい『お作法』はちょっと横においといてさ、なあ岩下、また茶菓子、食べに行ってもいい？」

友人の楽しげな申し出に、

「いっそ入部すれば？」

政史は笑いながらからかった。「ひとつ茶菓子を食べるごとに、所作をひとつ覚えるってのはどうだい？」

「すっげー誘惑」

抵抗しきれないかもー、とふざける友人にまた笑いながら、政史はそっと、階段の上を見遣《みや》った。

泉と中前の噂話《うわさ》なんかしたから、こんな不意打ちのように会ってしまったのだろうか。――避けていたのに。

『そんなに片倉先輩のことが好きなんですか』

真剣な眼差《まなざ》しで尋ねられて、誤魔化《ごまか》しきれなかった。

けれど片思いだとわかっているし、況《ま》して告白するつもりは毛頭なかった。ひどく心惹《ひ》かれていたけど、完全な一方通行なのだから。

『そんなに好きなら、なんでちゃんと告白しないんですか』

玉砕するのがわかっていて、そんなことはできない。傷つくのは辛《つら》いじゃないか。――既にもう、充分に、辛いのに。

『俺のこと、嫌いですか？』

嫌いじゃない。嫌うほど、知ってもいない。

『だったら、無理を承知で申し込んでもいいですか？』

――もしレギュラーに選ばれたら、なんて、無理に決まってる。実質あの申し込みは、なかったも同じだ。

「それにしても中前ってイイ感じだよな、チャラチャラしてない、野菜系って言うの？」

「野菜系？」

なんだ、それ。

「なんかあいつ、野菜っぽいじゃん。ニンジンとかセロリとかキュウリとか、あれあれ、野菜スティック、あれっぽい」

「よくわかんない例えだな」

「そうか？　爽《さわ》やかで筋が通ってる感じっての？　けっこうアタリな例えだと思うけどなあ」

　確かに甘い顔立ちではないが、

「でもよく『オトコマエの中前くん』なんてからかわれてるけど、別に美男子じゃないよな、中前は」

「そんなことないって岩下。髪の毛ザンバラにして口から赤い血が一筋てーっと垂れたら、落ち武者風で、きっとカッコイイって」

「……ごめん、やっぱり俺、お前の感性わかんない」

「あっ、待ってくれよー。いわしたあ、俺を見捨てるなよお」

　どうしてだろう。皮肉なくらい、中前への誉め言葉を聞く日だ、今日は。

『ねえ政史、もし中前がレギュラーに選ばれなかったとしても、その心意気だけで充分じゃないか。つきあっちゃえよ。アイツは外見だけじゃなくて、冗談でもなくて、中身もオトコマエだと、僕は思うな』

「つきあっちゃえよ、か」

　スッパリ言ってくれる。——いつもながら潔いよな、泉の発言は。

　出合い頭《がしら》の、驚いた中前の表情が目から離れない。

ドキドキと忙《せわ》しないこの動悸《どうき》は不意打ちを食らったせいだけれど、中前が、あんな目をして自分を見るから、だけれど、

「じゃな、おやすみ岩下」

「ああ、また明日」

一階に着き自分の部屋に入るべくドアを開いた友人へ軽く手を振った時、目の端に、廊下の先、やはり部屋に入ろうとしている片倉利久の背中が見えた。

つきあっちゃえよ。

「――悪くないかも、しれないな」

遠くから後ろ姿を垣間見《かいまみ》ただけでこんなにやるせなくなることが、もうなくなるのならば、それもいいかもしれない。


部屋に入るなり、ベッドにバタンと仰向けになった利久へ、

「なんだ、やけに疲れてるじゃん、片倉」

既にパジャマに着替え、ベッドでモノクロ画面のゲームボーイを地味に楽しんでいた富士岡《ふじおか》

が、意外そうに体を起こした。「今夜も彼女から電話だったんだろ？　楽しい一時を過ごしたにしては、冴《さ》えないじゃんか」

冴えない、かあ。

「今日の部活でも、そんなこと言われたなあ」

彼女ができたってのに、元気ないじゃん。どうしたの？

おまけに、自分の練習で大変な吉沢にまで、ここのところずっと調子が悪そうだね、悩みでもあるのかい？　と、心配されてしまったのだ。

集中力が落ちているのは、自覚していた。けれど原因は、自分にも、わからない。

やっと念願の彼女ができたのに、女の子とつきあうのはなにかと大変だろうけど、それ以上に楽しいに違いないと、思っていたのに。

「それにしてもマメな彼女だよな、毎日電話してくるなんて。電話代とかいろいろ、大変だろうに。なあ、片倉からは掛けないのか？」

恒例行事のように、毎晩寮に流れる片倉呼び出しの放送。

「男からの電話だと親がウルサクて煩わしいから、こっちから掛けるってさ」

「なーるほど。それにしても積極的だなー。イニシアチブ、なにげに彼女の方にあるんだもう尻《しり》に敷かれてるよ。

と笑う富士岡に、

「楽しくないわけじゃないんだけどさ、とっくに話のネタなんか尽きちゃって、なに喋《しゃべ》ったらいいのかわかんないんだよ」

いくら彼女が女の子にしてはさばけていて、さほど話題に制限がないとしても、毎日話しているうちに持ちネタなんかさっさと底をついてしまい、加えて、たいして変わり映えしない毎日のことを、小学生の夏休みの絵日記よろしく話すのも芸がなくて、そんなこんなで話題に詰まってくるのは仕方がないような、気がする。

だから、なんとなく聞き役に回ってしまうのだ。彼女が楽しそうにあれこれ喋るのを、相槌《あいづち》を打ちながら、ただ聞いている。それは決して退屈なんかじゃないけれど、なにも毎日話さなくてもいいんじゃないのかな、と、思わなくもない。

「片倉さあ、せっかくできた初めての彼女だってのに、なーんか盛り上がりに欠けてなくない？」

このテンションの低さ、もしかして、彼女にも伝わってるんじゃないか？

「そんなことないよ」

「そんなことなくないって」

だから彼女、毎日電話したくなるんじゃないのか？　毎日声を聞いていないと、不安になるんじゃないのだろうか。利久からの電話を待ってるだけでは、平気で何日も放っておかれそうで、いつの間にか疎遠になってしまいそうで。「……かなり淡白だよなあ、片倉って」そんなふうには見えないのに。浮かれまくって、周囲の顰蹙《ひんしゅく》を買っちゃいそうなタイプっぽいのに。

「なあ富士岡、お茶飲みたくなんない？」

コクのある抹茶を、こう、きゅーっと。

唐突に訊《き》かれ、キョトンとした富士岡は、

「俺《おれ》は別に。どうしてもってんなら、ソッコーで学食の自販機まで走れば？　その間に点呼が回ってきたら、説明しとくよ」

「学食の自販機には、抹茶はない」

「抹茶？」

お茶が飲みたいと言ったら、普通は緑茶とかウーロン茶だよなあ。「なに片倉、あんなに渋いの飲みたいのか？」

「だって、旨《うま》いじゃん。確か、学生ホールの自販機には抹茶ってあったよな」

「あるけどさ」

「しようがない、こっそり行ってくるか」

「待て。自販機の抹茶、飲んだことあるのか?」

「ないけど」

「抹茶が旨いって、それはな片倉、いつも岩下の淹《い》れてくれるおいしいお茶ばかり飲んでるからだよ」

「え……?」

岩下の名前を聞いて、ドキリとした。

「ああなると、同室特典みたいなもんだよなあ。部屋に遊びに行っても、頼むと淹れてくれるじゃん」

お手前の作法などカタクルシイことはすっとばして、けれどちゃんと、陶器の茶碗《ちゃわん》に茶筅《ちゃせん》で良質の薄茶を点《た》ててくれる。「片倉、同室だったのをいいことに、さては散々、恩恵に与《あず》かってたな」

「……まあね」

インスタントのコーヒーを作るのと同じくらい手際よく、ささっと淹れてくれた岩下。

あんまり舌に合うので、調子に乗って平気で何杯もお代わりして、寝る前にそんなに飲んだら眠れなくなるよと注意されては、本当になかなか寝付けずに困ったこともあった。

「そうか、岩下のって、旨いんだ」

「腕前を見ればわかるじゃん。あいつのは、高校の部活のレベルじゃないって。年の離れた長男のお嫁さんが結構格上のお茶の先生で、幼稚園の頃から、おやつは抹茶と茶菓子だったたって言ってたじゃんか」

家でもお茶を教えていたから、そんな環境で遊びながら育ったせいか自然とお手前も身についてしまったし、日常にお茶が入り込んでいると。「でもせっかくだから高校の部活は茶道と関係ないものを選ぶつもりでいたのに、入りたかった水泳部が祠堂にはなくて、や、あるにはあるけど、ふもとのスイミングスクールを週に何回か借りての活動だからどうしようかなあと迷ってるうちに、茶道部の顧問に目をつけられて、口説き落とされたんだよな」

うちは名ばかりの茶道部で、ちゃんと作法を知ってる人がいないから、きみが入ってくれると心強いんだけどな。

「そうだ片倉、そんなに抹茶が飲みたいなら岩下の部屋に行ってくればいいじゃんか。消灯前だけど、お茶だけに、ちゃちゃっと淹れてもらえばいいよ」

それくらい、点呼係にも大目に見てもらえるって。

ベタな冗談を言う富士岡に、利久は形ばかり笑うと、

「いいや、やめとく」

「なんで?」

「寝る前に飲むと眠れなくなるって、前に注意されたし」

「確かに、抹茶ってカフェインが濃そうだもんな」

「じゃあ俺、ソッコーでシャワー浴びてくる」

着替えを手に、バスルームへ向かった。

二年になって託生と部屋が別れてからしばらくは、人づきあいが苦手だった託生になんだかだで（無理に、ということではなく）自分の方が合わせていたんだな、と気づかされる瞬間がたくさんあった。おとなしいのに意思表示ははっきりしているという点は託生も岩下もよく似ていて、それは共同生活をする上で却《かえ》ってありがたい点だったが、気がつくと利久は、岩下の動きを見守っていたのだ。

どうしてここでそうするのか、凡人の利久には読みの利かない、かなり意表をつく行動に出てくれる託生とは、彼の出方を待ってから動かないと物事がうまく進まないことが多く、なので自然と利久は、託生の動きを待って自分も動く、という流れを身につけていたのである。それをそのまま、岩下との生活にも転用していた。

だから最初の頃は、室内にいると、よく目が合った。利久が岩下のことを見てばかりいたから当然なのだが、教室ではこんなことにはならないのに、どうして部屋に戻った途端、利久が自分を見てばかりいるのか不思議がった岩下に質問されて、初めて利久は自覚したのだ。

そうして託生と暮らしていた頃の生活習慣が岩下とのやりとりの中で新しい色に塗り替えられ、その後の一年間で知らぬ間に身についた岩下との習慣が、こうして新たな富士岡という同室者を通して、利久に認識を与える。

当たり前だったことが当たり前でなくなること。それはここにいる誰もが等しく味わうことなのだが、やはり、寂しい。

況《ま》して岩下とは、普通の会話すらできない現状だった。

こんなに気になるのに、話しかけることができない。きっと怪訝《けげん》な顔をされる。バレンタインを境にやけに岩下のことを意識し過ぎで、この前は部活のみんなへってチョコレートをおすそわけしてもらったから、ホワイトデーとか特には関係ないけれど、弓道部のみんなから先日のお返しってことで、茶道部のみんなで食べてくれ、と、差し出す時のセリフまで考えてから街で和菓子を買ったのに、結局渡せなかった。

利久のぎくしゃくさ加減がいつの間にか岩下に伝わり、三月になった頃には、部屋にいてもほとんどふたりに会話はなかったのだ。

そこへ、中前の登場である。

立ち聞きするとか、そんなつもりでは全然なくて、本当に偶然、利久は中前が岩下に告白している所へ通りがかってしまったのだ。

人気のない弓道場の裏手、

『そんなに片倉先輩のことが好きなんですか』

中前の真剣な問いかけに、ただ黙っていた岩下。

『そんなに好きなら、なんでちゃんと告白しないいんですか』

告白の一言に、心臓が口から飛び出しそうになった。——そんなことされたら、自分こそ、どうしていいか途方に暮れる。

『俺のこと、嫌いですか？』

頷《うなず》きも否定もしない岩下に、

『だったら、無理を承知で申し込んでもいいですか？　今度のインハイ、レギュラーメンバーに選ばれたら、つっ、つきあってくれませんかっ』

立ち聞きなんてしちゃいけないとわかっているのに、足が動かなかった。喉《のど》が渇いて、仕方がなかった。ドキドキが、止まらなかった。

そうか、やっぱり、あのチョコレートには、そういう意味合いがあったんだ。——俺は岩下に、告白されてしまうんだろうか。そんなことになったら、どうしよう。

困った、困った、困ったと、そればかりで、逃げてばかりで、春休みの間もずっとドキドキしていた。家の電話が鳴るたびに、心臓が縮んだ感じだった。

けれど何も起きなかった。新学期が始まったらいよいよなのかと、やっぱりすごく狼狽《うろた》えて託生に相談しようとしたのだが、相談する前にわかってしまった。

新しいクラス、今年も一緒だった岩下は、利久と距離を置いていた。挨拶《あいさつ》はするけれど、挨拶だけだった。彼は、笑顔すら利久には見せなかった。それは、告白されるどころか嫌われてるんじゃないかと思われるような距離感だったのだ。

安堵《あんど》と焦燥感とがないまぜで、利久はずっと混乱していた。

とっくにそんな習慣はなくなってたはずなのに、気づくとつい、目が岩下を探していた。

――でも彼と目が合うことは、まるでなかった。

ここに来て、また一段と腕を上げた中前。週末の練習試合に、出られない三年生が何人もいるのに、特例で、二年生から唯一メンバーに選ばれた、中前。

彼の熱意と腕前が顧問や他の三年生の気持ちを動かして、本当にインターハイ、レギュラー入りするかもしれない。

溜《た》め息が、零《こぼ》れた。

「おはよう、早いね」

頭上から声を掛けられ、眼差《まなざ》しで隣りの空席を示される。

「おはよう。――あ、誰も来ないよ」

吉沢が言うと、トレイをテーブルに置いて、

「こんなに早くから、どうしたんだい」

三洲が訊《き》いた。

「そう言う三洲くんこそ」

学食が開いたばかりの時間、まだ学生の姿は数えるほどしかいない。

遠慮なく隣りの席に腰を下ろした三洲はいただきます、と、きちんと両手を合わせてから、食事を始める。「吉沢は？」

「朝一でやらなけりゃならないことがあってね」

「や、なんか、やたらと早くに目が覚めちゃって。寝直したけど眠れなくて、特にやることもないから食事して、行きがけに弓道場に寄って朝練でもしようかな、って」

「真面目《まじめ》だな」

微笑《ほほえ》む三洲に、うっすらと赤面した吉沢は、

「いや、真面目とかじゃなくて、他にやることないからさ」

謙虚なはにかみ屋。こんなふうにすぐに赤面するから、誤解する向きにはうっかり期待させてしまう。それでなくてもインターハイを控えて注目度の高い吉沢、気の毒に、高林の気苦労は計り知れない。

「調子はどう？　今年は個人優勝、狙《ねら》えそう？」

「悪くはないよ。優勝できるかどうかは、時の運かもしれないけど」

「まあね」

頷《うなず》きながらも、そんなことはないだろう？　と心の中だけで続ける。要は精神力だから。的を外すことを恐れない、勝利の重圧に屈しない、強くしなやかな精神力と集中力、それが最終的に勝負を分けるのだ。「弓道は、自分の敵は自分って感じだものな」

空威張りでなく、正しく自分に自信がないと、詰めに負ける。緊張感に耐えられなくなる。サッカーのサドンデスのように、同点決勝になったならば、どちらか先に的を外した方が負けなのだ。その瞬間が来るまで、延々、的を射続けなければならない。

ああ、体力も大事だな。

「三洲くん、あの、は、葉山くんは」

「葉山？　まだ寝てるんじゃないのか。——なに？」

「え？」

「同じクラスなんだから、どうせ教室に行けば会うのに、ここで葉山を気にするってのは、なに？」

「ごめん。なんとなく」

「葉山と言えば崎義一、だから？」

訊いた途端、顎《あご》を引いて、吉沢が俯《うつむ》く。

で、崎義一とくれば、高林泉。

一昨年の、高林の崎義一への執心ぶりときたら迫力もので、凄《すさ》まじかった。その高林は現在、吉沢とほのぼの恋人関係驀進中《ばくしんちゅう》だ。

新学期が始まってから、めっきりツーショットを見かけなくなった葉山と崎の間柄を気にする人は（三洲にすれば意外なことに）どうやら少なくないようで、しかも、概《おおむ》ね彼らに好意的だったりするから（葉山とセットにしておくと、もれなく崎義一のコンディションが良くなるらしい。決め手は、そこ）現在彼らがどうなっているのか気掛かりだったりするのだろうが、吉沢の場合、意味合いはちょっと違っていそうである。

高林とつきあっていると、どうしてもチラついてしまうのだろうか、崎義一の影が。

「吉沢、まさか崎と自分を比べるなんて馬鹿なこと、してないよな」

しかも、よもや負けてるなんて思ってないだろうね。

黙ったままの吉沢は、持ちかけた味噌汁《みそしる》の椀《わん》をトレイに戻す。

昨夜、夕食後には必ず吉沢の部屋にやって来ていた泉が、どんなに待っても現れなかった。だから吉沢は、夕方から引きずっていた不安な気持ちに急《せ》かされるように用事を無理矢理一段落させて、泉の部屋へ行ったのだ。

泉は不在で、その時に同室の大西《おおにし》が教えてくれた。突然、やりかけの宿題を途中で放って、ギイの部屋に行ってくる！　と出てったきり、まだ戻らないと。

宿題がやりかけなので、用事が済んだらすぐに戻ってくるんじゃないの？　と大西は言ったが、待てど暮らせど泉は戻ってこなかった。

そうこうしているうちに消灯十五分前を知らせる放送が流れ、それでもしばらく室内でぐずぐずしていたが、大西はさっさとベッドに入って瞬時に爆眠してしまうし、やむを得ず、吉沢は部屋を後にしたのだ。

ギイの三階のゼロ番と自分の四階のゼロ番は、同じゼロ番でも実際は寮の西端と東端で、使う階段も違うし、部屋に戻る途中で泉と擦れ違う可能性はなかった。

——なにがいけなかったんだろうか。

泉はどんな用があって、宿題を途中で放り出してまで、ギイに会いに行ったのだろうか。

ギイはどんなつもりで、あんなに長い時間を、泉と一緒に過ごしていたのだろうか。

約束していたわけじゃない。待ち合わせしていたわけでもない。なのに昨夜、結局泉に会えぬまま部屋を出て行く時に、吉沢は、ひどく落ち込んでいる自分を自覚していた。

「吉沢、もっと自信持っていいよ」

苦笑しながら三洲が言う。「崎になんか、負けてないから」

そんなことないよ。

ギイならともかく、あの泉を、いつまでも自分に繋《つな》ぎ留めておく自信なんて、これっぽっちもない。

「……間違ってた。葉山くんとギイがどうなってても、それとこれとは関係ないよな」

ギイが誰を好きでも、恋人がいてもいなくても、彼に恋する障害にはならない。「自分の気休め欲しさに馬鹿なこと訊いたね、ごめん、三洲くん」

「吉沢」

呆《あき》れたように、三洲が吉沢を眺める。「馬鹿なこととは思わないけど、そこまで崎と高林に引け目を感じる必要もないんじゃないのか？　そもそも、そんなに危惧《きぐ》しなくても高林は吉沢にベタ惚《ぼ》れだし、わざわざ自分から取り越し苦労することないって」

どんなにきつく拒まれても、それでも泉はずっとギイを好きだった。そんなふうに強く想《おも》っていた相手を、容易《たやす》く忘れたりしないよな。

無理だ、やっぱり、無理がある。

「無理だよ三洲くん、自信なんか、持てないって」

吉沢が弱く笑みを作ると、

「お世辞じゃなく、俺《おれ》だったら崎より吉沢を選ぶけど？」

三洲がにっこり微笑んだ。

「……ありがとう」

礼を言いつつ、けれど泉は三洲じゃないから、あっけらかんと『吉沢を選ぶ』とは、言わない気がした。

三洲より先に食事を終え、トレイをカウンターへ戻して学食から出ようとした時、偶然、泉が学食に入ってきた。

「あっ、吉沢！」

見つけるなり、人目も憚《はばか》らず大声で吉沢を呼んだ泉は、吉沢の正面までダッシュして、「ずっと探してたんだよ！　話があるんだ！」

駆け寄る勢いで、吉沢の両腕を摑《つか》もうとした。——瞬間、うっかり吉沢は後ろへ一歩、退《さ》がってしまった。

——え？

ふたり同時に、お互いを見る。

差し出す途中で止まっている泉の両手。目にした途端、動揺のあまり、耳たぶまで真っ赤になった吉沢は、

「あ、あの、ごめん、高林くん、その、急ぎの用事があるから」

「ちょっ、――吉沢!?」

素早く泉の脇《わき》を抜け、学食を飛び出して行った。

ポカンと背中を見送って、

「あれだけ急いでるってことは、下痢ピーかなあ」

呑気《のんき》に推理しながら、食事を受け取る列へ並んだ泉に、

「頼むから高林、その綺麗《きれい》な顔で下痢ピーとか言わないでくれえ」

しかも食事前だよ。と、居合わせた友人たちが哀願する。

そこへ、

「高林、ちょっと」

カウンターへトレイを戻し終えた三洲が、手招きした。

「なんだよ、三洲」

順番を飛ばされてしまうから、ちゃんと列に並んでないといけないのだ。「用があるなら、

三洲がこっちに来いよ」

　泉が言うと、気を利かした友人たちが、

「順番待ち、キープしといてやるから、行ってこいよ高林」

　やけに愛想良く笑いながら、泉を送り出してくれる。――さてはこいつら、三洲の隠れファンだな。

　混み始めた学食の、天井続きながら喧噪《けんそう》から離れた人気のない場所に泉を促した三洲は、おはようの挨拶《あいさつ》も抜きで、いきなりズバリと切り出した。

「吉沢、やけに落ち込んでたけど、また崎絡みでなにかしでかしたのか、高林？」

「はいぃ？」

　しでかしてなんか、いないけど、「なんだよ、三洲。なんで三洲が、吉沢が落ち込んでるなんてこと、知ってるんだよ」

「さっきまで、一緒に朝食を摂《と》ってたんだ」

　はあ、さようで。

「それで？　吉沢に相談でも持ちかけられた？」

「されてはないけど、あんまり気の毒でね」

「相談されてもいないのに、なんで三洲が、わざわざそれを僕に言いに来るのさ」

「心配だからだよ。ともだちなら、当然だろ？」

吉沢の取り越し苦労が、少し、気掛かりだったのだ。杞憂《きゆう》で終わればなによりだし、違っていたなら、大問題。

「うーん……」

友情に厚い生徒会長のお言葉なれど、どうしてか、素直に聞けない。のだが、「それで？　吉沢、どう落ち込んでたんだよ」

確認は、しておくべきだ。

「崎に張り合う自信がないとさ」

「ふうん……」

——くーっ、やっぱり。

昨夜、部屋に戻ると同室の大西はとっくに熟睡していて、その大西が今朝、起き抜け一番にやけにニヤニヤ笑いながら、深夜デートはどうだった？　と訊《き》いたので、チンプンカンプンの泉は逆に尋ねたのだ。そこで初めて、昨夜消灯ギリギリまで吉沢が、泉の帰りを、この部屋でずーっと待っててくれていたことを知ったのだった。（昨夜のうちに教えられていたなら、間違いなく、消灯後であろうと吉沢の部屋へ押しかけたのに！）

ギイのゼロ番に行ってるから、急用があるなら訪ねて行けば？　と何度かすすめたのだが、その度になんだか妙に遠慮して吉沢は、わざわざ部屋を訪ねて行くほど大事な用なんだろうから、終わって帰って来るまで待つよ。の返答を繰り返し、そんなこんなしているうちに大西は寝てしまったので、てっきり、戻ってきた泉と吉沢が、同室者がド熟睡してるのをいいことに、ラブラブモードに突入したかと思っていたのだ。

僕も吉沢のこと、消灯間際まで吉沢の部屋の前でずっと待ってたのに！

一刻も早くそれを伝えたくて、ついさっきラッキーにも会えたから、せっかくそう言おうとしたのに、吉沢ってば、なんだかやけに狼狽《うろた》えて、逃げるように去って行った。――吉沢のあの不審な行動は、下痢ピーではなく、やっぱりそういう意味だったのか。

『高林が吉沢よりもオレを頼りにしてると吉沢に誤解されそうな行為は、あんまりしない方がいいかもしれないってこと』

昨夜の、ギイの忠告。

「やば……」

「まったく、吉沢がいるのに、いつまでも崎なんかの尻《しり》を追いかけてるなよ、高林」

「追いかけてなんかいないって」

人聞きの悪いこと、言うなよな。「それに、崎なんかってなんだよ、なんかってのは。ひっどいなあ」

「葉山にしても高林にしても、なんだってあんな男にそう、入れ込むかな」

　薄く笑った三洲に、

「もう、なんだって三洲サマは、そうギイの評価が辛いかな」

　泉の応酬。「同族嫌悪ってヤツ？　でも、同じタイプじゃないよねえ、三洲とギイ」

「同じなわけないだろ」

「三洲は嫌うけど、でも、しようがないよ。だってギイって、あんなにカッコイイだけじゃなくて居心地までいいんだもん。つい、ずーっと一緒にいたくなるんだな」

　この世に吉沢と葉山託生がいなかったら、やっぱり是非とも、自分が彼の恋人になりたい。と、一瞬、夢を見てしまうくらい。

「そんなことを平気で口にするから、吉沢が落ち込むんだろ」

「あっ」

　そうだった。急いで、吉沢の落ち込みを浮上させねば！

「弓道部、日曜日に他校で練習試合があるんだろ？　大事な試合の前に、あんまり吉沢に心労かけさせるなよ、高林」

「わかってるよ」

　そんなこと、三洲に言われなくたって。「ちゃんとフォローしておくよ」

「良かった。じゃ、吉沢によろしく」

立ち去る三洲の背中に、

「心配してもらってナンだけど、あんまりギイを目の敵《かたき》にばかりしてるとね、実はギイに気があるんじゃないかって疑われちゃうよ、僕に」

三洲の耳に入ったら、マジ、やばいセリフを、こっそりこっそり呟《つぶや》いた。

だいたい今回の件だって、吉沢の落ち込みの原因がギイ絡みじゃなかったら、三洲はわざわざ泉に進言したりしないだろう。

世間には『好敵手』という言葉もあるが、ギイと三洲の場合、それに当てはまるかどうか、微妙なところである。

三洲が敵愾心《てきがいしん》を抱くほどには、ギイはさほど、三洲を注視してないようだから。

「イヤヨイヤヨも好きのうち。とかって、あったよなあ」

でも、葉山託生がギイの趣味なら、三洲はちょっと、範囲外かも。「――いや、かなり」

共通してるのは、性別と寮のルームナンバーくらいだ。

ギイが葉山託生を密《ひそ》かに好きらしい、と初めて知った時には、それはもう驚いたし、憤慨したし、葉山を憎いとさえ思ったたし、選《よ》りに選ってなんであんな変人を？　あんなヤツより僕の方が断然ギイには相応《ふさわ》しいのに、ギイがおかしくなっちゃったー。などなどと（今となっては不遜《ふそん》にも）散々嘆いたものだけれど、噂《うわさ》や評判はさておき、実際に話してみた葉山託生はそんなに悪くない感じだったし、加えてそれはそれは意外なことに、彼もまた泉にとって『居心地の良い人』だったのだ。

三洲は至って人当たりは良いけれど、柔和な笑顔と柔和な態度、なのに、泉の闘志を刺激するなにかを内包している。たまにそれに触れた瞬間、反射的に泉はポンと弾《はじ》けるのだ。といってもせいぜい言葉のやりとり程度だが、やや対戦モードになる。

だが、あんなに刺々《とげとげ》しい人間接触嫌悪症の元重症患者でありながら、葉山託生とは、それがない。一度もない。みごとに、ない。

趣味も話題も合わないし、別段、面白味があるわけでもないので、特に親しくなりたいとは思わないが、たまたま一緒に旅行に出掛けなければならなくなったとしても、葉山託生が相手なら、なんとなく時間が過ごせるような気がする。——そういう、居心地の良さ。

だがまあしかし、

「ともあれ一応、三洲の友情には感謝しておこうっと」

まだなにも解決してないけれど、まずは吉沢のコンディションがわかって、なにより。「休み時間に、C組へ行ってみよう」

でもって、きっちり、吉沢の誤解を解こう。

泉は、よし、と気合を入れると、列に並ぶ友人たちへと元気に合流した。


道場の方から、的に矢の当たる乾いた音が響いた。

靴を下駄《げた》箱にしまうと、集中力の妨げにならないよう足音に気をつけて道場へ向かう。

「それにしても感心だなあ、早朝から自主練までしてるなんて。道理で中前――」

そこまで呟いて、吉沢はハタと立ち止まった。道場に立つ後ろ姿、てっきり中前かと思っていたら、「片倉くん……？」

部活の時でさえ見せない緊張感を全身に漂わせて、利久が矢を引き絞っていた。

インターハイでの採用種目は的の近い近的競技のみで、団体戦でも個人戦でも、四本の矢を引き、的のどこに当たるかではなく、当たるか外れるかの的中率で争われる。

的のどこに当たろうとも、とにかく当たりさえすればいいのだ。

四本全てを皆中させた利久に拍手を送ると、ギョッと振り返った利久は、

「び、びっくりした」

胸の辺りを手で押さえた。

「おはよう片倉くん。凄《すご》いじゃないか、全部当たってるよ」
「どうにかね。――おはよう、吉沢」
「この分なら楽勝でレギュラー入りだね」
「それは、……わかんないけど」
「頑張れよ、応援してるんだからさ」
「うん……」
「片倉くんがやる気になってくれて、嬉《うれ》しいよ。新学期が始まってからずっと、練習してても
なんとなく上の空で、気掛かりなことでもあるのかなって、心配してたんだ」
三年になって、やっと試合にも出られるようになって、いよいよという時期に調子が悪いの
では、それまでの二年間が無駄になる。――頭ごなしの年功序列システムには素直に賛同でき
ないが、でもやはり、それまで頑張ってきた部員に活躍の場を与えたいという顧問の親心は理
解できるのだ。
「週末の練習試合、楽しみだね。いい成績残してくれよ」
吉沢の励ましに、曖昧《あいまい》な表情で頷《うなず》いた利久は、
「別に、手を抜いてたわけじゃないけど、うちの学年には吉沢だけじゃなく前から弓道やって
た経験者が多いし、同じ高校から始めたにしても俺には中前みたいなズバ抜けた素質や才能が

あるわけでもないからさ、練習は楽しかったけど、レギュラー入りとかって、特に考えたことも意識したこともなかったんだ」

弓を脇《わき》に置き、板の間に正座する。

利久の隣りの立ち位置に、やはり正座した吉沢は、

「うん、ずっとそんな感じだったね」

正直に、同意した。「でも、片倉くんに素質がないとか才能がないとか、そんなふうには思ってなかったけど」

「この期《ご》に及んで、なんだけど、一度くらいがむしゃらにやってもいいかな、なんて気分になってさ」

「いいことじゃないか」

「時既に遅し、かもしれないけど」

「そんなことないよ。気持ちは大事だから。持久戦にもつれ込んだ時にいつも思うけど、結局は精神力なんだなって。本物の自信がなくてもその時だけは、自信満々な自分を装うべきだって。それはひとつの方法論に過ぎないけれど、でも、どんな素晴らしい方法論にしても精神力にしても、底辺で支えてるのは、気持ち、なんだと思うんだ」

最後まで頑張りたい。そう願う、強い気持ち。

「吉沢、試合の時は別人だもんな。すっごい攻撃的な矢を射るよね」

笑う利久に、吉沢も笑う。

「うん、自覚してる。普段はとても、あんなふうにはできないな」

「攻撃的ってほど、乱暴じゃないか。すっごく能動的に、矢を射るよな」

いつも、どんなことにも受動的な吉沢が、試合の時だけ、流れのイニシアチブをその手に握る。そして決して、手放さない。

「いいよ、言い換えてくれなくても」

「迫力あるもんな、試合の時の吉沢って」

男として、カッコイイと、純粋に憧《あこが》れる。

「誉め過ぎだって、片倉くん」

「今までは、ただただそんな吉沢が羨《うらや》ましかったんだけどさ」

まっすぐに、矢が刺さった二十八メートル先の的を見据えた利久は、「羨ましがってばかりいる自分は、情けないかなって」

「それで、心機一転?」

「ごちゃごちゃだから、現在の俺《おれ》」

「せっかく彼女ができたのに?」

「うん。彼女のこととか受験も弓道も、それから、友達のこととか、ぐちゃぐちゃなんだ。自分がなにをしたいのか、どうしたいのか、自分のことなのに、わかんないんだ」

「……そうなんだ」

「全部が中途半端な気がしてきて、って言うか、実際、なにをするにも中途半端だったんだけど、このままだと俺、すごくふがいない男になりそうな気がしてきたんだよ」

利久の抽象的な説明に、けれどちいさく頷いた吉沢は、

「その気持ち、わかるような気がする」

と、呟《つぶや》いた。──話があると言われたのに、泉の顔にギイの顔が重なって、そしたら急に腰が引けて、咄嗟《とっさ》に泉を避けてしまった。

ふがいない。我ながら、実に実に、ふがいない。

「がむしゃらになにかに没頭するって、そういうこと、一度くらいあってもいいよな」

「そうだね」

「でもやっぱり、手遅れかな」

インターハイを見据えた練習試合は明後日《あさって》だし、校内予選は数週間後に迫っている。それに、岩下はもう、利久を嫌ってる。

「手遅れかあ、イヤな響きだなあ」

ピンと伸びた背筋を心持ち屈《かが》めて、「手遅れじゃないと信じて、頑張るしかないよね。後悔だけはしたくないからさ」

しみじみと、吉沢が続けた。

と、ふと、

「――吉沢も、なにかあった？」

利久が訊《き》く。

「えっ⁉　あー、まあ、ちょっとだけ」

危惧《きぐ》し過ぎだと三洲に突っ込まれたが、不安は不安、落ち着かない。

「なあ吉沢、あのさ、高林のこと好きだって自覚した時、どんな気持ちだった？」

「どんなって……」

「最初は女の子と間違えたんだろ？」

「うっかりね。我ながら、マヌケだよね」

ここは全寮制の男子校なのに、どうして女の子が自分たちと同じ制服を着て、男の中に混ざっているんだろう。と、素朴に疑問に感じたのだ。

「好きになった相手が男だってわかって、抵抗なかった？」

「抵抗とかもう、それどころじゃなかったよ。ライバルは多いし、当の高林くんはギイに夢中だし、高林くんの周囲っていつもやたらと賑やかで、一種のアミューズメントパーク状態だったから」

ルックスがああだというだけで、なんだか女の子といるみたいにウキウキする。どんなに少女のようでも、それが女々《めめ》しい印象にならないのが泉ならではなのだが、「なんていうか、好きが最初で、それ以外のことは後から来たから。同性だとか、性格がワガママだとか、こう、さっきの『気持ち』じゃないけど『好き』が土台になっちゃってるから、大波に襲いかかられるたびに、乗り越えようと必死になってる自分がいたんだ。笑っちゃうよな、誰に頼まれたわけでもないのにな。これで、こういうことになってなかったら、高林くんにとって俺がしていたことなんて、きっと大迷惑だったよなあ」

「好きが最初かあ」

「あ、俺の場合は、だよ」

「じゃあさ吉沢、もし俺に好きだって言われたら、どう?」

「ええっ⁉」

「そんなにびっくりするなよ。だから、例えば、だよ」

「ゆ、友人としては片倉くんのことは好きだけど、それ以上のことは、ちょっと」

「吉沢の高林が好きってのはさ、手を出したい好き、なんだよな?」

「う、うん、まあ」

実際に、出してるんですけど。「片倉くんだって、彼女とは、そうだろ？」

好きになった相手には、そう、だよねえ？

「――つまり、手を出したくないってことは、好きじゃないってことなのかな」

「その辺は、ほら、複雑だから。たいして好きじゃない相手にも、手を出したがる人もいるしさ」

「でも吉沢は、高林が好きだから、そういうこともしたいんだろ？」

「そう、だけど」

「高林だって、吉沢のことが好きだから、拒んだりしないんだろ？」

「あ……、うん」

多分。

「俺さ、吉沢、託生と同室だった時、あの頃、託生はギイが命名した接触嫌悪症の重症患者だったから、不用意に距離が近づき過ぎないよう、気をつけてたんだ。でも、時々、あんまり託生が落ち込んだり打ちひしがれてたりすると、ぎゅって抱きしめてあげたくなることがあったんだよ。元気出せよって、口で言うだけじゃなくてさ」

「……そうだったんだ」

「目が離せないって言うか、いつも気掛かりで、そういうの、愛《いとお》しさってヤツだよな。でもだからって、いやらしいことしたいとか、そんなふうには思ってなかったよ、全然」

「うん」

「普通に励ましたり、したかったんだ。抱きしめられたり、背中を撫《な》でてもらったりって、それだけでホッとするじゃん。でも託生にはそういうこと、したらヤバかったから、ギイと同室になった託生が、ギイのお陰で接触嫌悪症が治って、良かったって、思ってるんだ」

「……うん」

「俺の託生が好きってレベルは、そんな感じでさ。そういう距離感って言うか、さ」

「距離感、か」

「でもそんなふうに、落ち込んでる時に抱きしめて慰めてあげたくなるかなって想像した時、あんまり実感が湧《わ》かないんだ」

「え？　誰を対象にして？」

「彼女」

「――へえ」

「会ってる時にはよくわかんなかったんだけど、電話で喋《しゃべ》るのって、相手が目の前にいるわけじゃないからさ、表情とか、仕草とか、見えないから、会ってた時の記憶でシミュレーションとかするんだけど、知り合って間もないから、たいしてデータだってないし、シミュレーションするにしてもすごく限界があるし、目の前にいたら、あ、今の表情可愛《かわい》いな、なんて思うことあるかもしれないけど、そうじゃないから、だからつい、話の内容重視になっちゃってさ、女の子と喋ってるから楽しいとか、そういうんじゃなくなっちゃって、この話題なら、アイツと話してた方が盛り上がるな、とか、余計なこと考えたりしてさ。嚙《か》み合ってないとか、そうじゃないけど、話しててつまんないわけでもないんだけど、でも、毎日電話で喋ってるけど、親しくなってるんだか、そうじゃないんだか、よくわかんないんだ」

彼女のことは好きだけど、愛しさまでには至らない。「でもだからって、他の友人に対してだって、そんな気持ちになんか、ならないけどさ」

「そうか。片倉くんにとって、葉山くんは特別なんだ」

「だってさあ、とにかく強烈だったから、託生は。二度と出会うことないよなあ、あんなに強烈なキャラクター」

「なら、現在片倉くんが一番好きなのは、葉山くんなんだ」

「え？」

言われた瞬間、脳裏に岩下の顔が浮かんだ。

抱きしめたいとは思わない。でも——。

「あれ、違ってた？」

葉山くんじゃないとしたら、誰がいるんだろう？

笑いながら首を傾げた吉沢に、

「ナイショナイショ」

利久は、適当に笑って誤魔化《ごまか》した。


たくさんの学生が寮から校舎へと、登校してゆく。

その賑やかな流れの中、

「岩下先輩」

背後から声を掛けられて、政史は振り返った。

――中前海士。

緊張した面持ちの中前は、

「おはようございます」

強《こわ》ばった顔と声とで、挨拶《あいさつ》する。

「……おはよう」

つきあっちゃえよ。か。

「めず、珍しいで、すね、おひとり、ですか」

岩下が登校する時は、たいてい同室の植田《うえた》が一緒なのに。

「そう言う中前くんも、ひとりじゃないか」

たいてい、友人の誰かが一緒なのに。

「あ、今日は、ちょっと」

実は、寮の部屋の窓から、ちょうど玄関から出てきた岩下を見かけて、しかも珍しく彼がひとりだとわかって、急いで支度をして、飛び出してきたのだ。

告白は保留のままでも、なんとなく、避けられてるのは感じていた。だから迷惑にならないよう、いつもはひっそりと、遠くから眺めているだけだった。それが昨夜、偶然に会えたことで、挨拶を（短いながらもつまりは『言葉』を）交わすことができたせいで、勢いづいていたのかもしれない。

途中まで全力疾走して、怪しまれないよう呼吸を整えてから、普通を装って声を掛けた。こんなチャンスは滅多にないから、意を決して、声を掛けた。

「あのっ、岩下先輩、こ、今度の日曜日、って、もう予定ありま、すか？」

つきあうと、どうなるんだろう。

「——予定?」

怪訝《けげん》そうに訊《き》き返す政史に、ますます緊張した中前は、

「や、いやっ、その、誘いたいとか、で、えと、とか、そうじゃなくて、あれ、誘いたいんですけど、や、あの」

ユデダコのように真っ赤になった中前に、政史はつい、吹き出してしまった。

「落ち着いて喋れよ、なに言ってるか、全然わかんないよ」

笑った政史に安堵《あんど》したのか、みるみる両肩から力が抜けた中前は、ひとつ大きく深呼吸すると、

「岩下先輩、今度の日曜日に、他校で弓道部の練習試合があるんですけど、よければ、応援に来てくれませんか」

今度はちゃんと、けれど、更に顔を赤くして、言った。

告白してきた中前が政史に望む『つきあい』は、泉と吉沢のような間柄のことなのだろうが、果たして自分は、中前と、恋人同士になれるのだろうか。

「……ごめん」

「え?」

「悪いけど、先約があるんだ。ごめん」

一瞬、落胆した表情を見せた中前は、だがすぐに立ち直ると、

「俺《おれ》こそ、いきなり図々しいこと言って、済みませんでした」

ペコリと謝った。

謝られて、少しだけ、胸が痛んだ。

風のように足早に自分を追い抜き、校舎に吸い込まれてゆく中前の背中に、少しだけ、胸が痛んだ。


昼休み、吉沢が学食昼食組だったら移動が遠くて面倒だなあと懸念していたら、なんてことはない、泉が訪ねて行く前に、当の吉沢が弁当を手に、泉のクラスに現れた。

毎朝クラス毎に数字を取りまとめて業者に発注する弁当は種類も豊富で、四時間目の授業の最中に、できたてが各クラスの出入口付近に届けられるシステムなので人気は高いのだが、たまに配達が遅れることがあったりして、昼休みを一秒でもムダにしたくない時には、朝、学食で売店の弁当を買って教室まで持参するのが一番なのだが、どちらにしろ、弁当に口が飽きて

学食までわざわざ昼食を摂《と》りに行く学生も決して少なくないので、吉沢が今日は弁当を選んでくれてて、もちろん泉も弁当で、本当に良かった。

祠堂の昼休みは、昼食の摂り方ひとつで自由な時間にかなり差が出てしまうから、ふたりとも弁当ならば、ゆっくりと、話ができる。

ひなたぼっこを兼ね、人気の少ない校舎の屋上へ、吉沢を誘う。

「吉沢、生姜《しょうが》焼き弁当にしたんだ」

胡坐《あぐら》をかき、そこへ広げた吉沢の弁当を覗《のぞ》き込んで、泉が言った。

「おろしハンバーグとどっちにするか迷ったんだけどね、こっちにしたんだ」

「すっごーい、以心伝心」

「え？　泉のは？」

訊かれて、

「じゃーん」

音付きで蓋《ふた》を開けたそこに、おろしハンバーグ弁当。「生姜焼きと悩んで、こっちにしたんだ」

「へえ、こんなこともあるんだね」

「うん」

幸先《さいさき》が良くて、ウレシクなる。「ねっねっ、半分こしよう、吉沢」

「いいよ、はい」

メインディッシュを半分ずつにして、早速頬張《ほおば》る泉に、

「今朝はごめんね」

吉沢が言った。「泉の話、聞けなくて」

「急いでたんだもん、しようがないよ」

口の中のものを飲み込んでから、泉が言った。

「あ……」

急いでたわけじゃない。俺は、逃げ出したんだ。

言葉に詰まった吉沢に、

「昨夜、僕のこと、部屋で待っててくれたんだろ？」

泉が続ける。「でも僕も、吉沢のこと、部屋で待ってたよ」

「――ギイの部屋に行ってたんじゃなかったのかい？」

「その後、吉沢と話がしたくて、部屋に行ったんだ」

「そうだったんだ」

本当に？

咄嗟《とっさ》に心に浮かんだ疑問を、慌てて引っ込める。――泉を疑って、どうするんだ。

「擦れ違っちゃったんだね、僕たち」

「泉は、……俺が確かめたかったのは、その、俺、なにかしたかな？」

「なにかって？」

「泉、俺のことで、なにか怒ってる？」

「どうして？　別に、怒ってないけど」

「なら、傷つけた？」

「それは……」

傷ついたというよりは、自分でもどうしていいかわからなかったというか。

「昨日、弓道場に泉が来なかったから、心配したんだよ」

それが、吉沢が僕の部屋を訪ねてくれた理由？

「天文部の部室で、活動が終わってから政史とビデオ、見てたんだ」

「ああ、お母さんが送ってくれる、星のビデオ？」

「うん。そしたら、なんかすごく盛り上がっちゃって。気づいたら、運動部も終わってる時刻になっててさ。心配かけて、ごめんね」

「いいけど、泉は、――ギイにどんな用があったんだい？」

「ちょっとした、ヤボ用」

「ギイになにか相談しに行ったんだろ。違う？」

「え……っと」

本当のことを言ったら、吉沢はやっぱり傷つくのだろうか。それとも、本当のことを言わない方が、傷つけるのだろうか。

「泉、宿題やりかけで部屋を飛び出したんだろ？　よっぽど深刻な相談だったんじゃないのかい？」

「……吉沢のこと、相談してた」

「ギイに？」

「矛盾してるってわかってるけど、すばる特別展と弓道部の練習試合のこと、ひっかかっててさ。吉沢が気持ち良く僕の希望を優先してくれて嬉《うれ》しいけど、不満だったんだ」

「それを、ギイに相談したんだ？」

「矛盾しててもいいから、ありのままをちゃんと吉沢に話すべきだってギイに言われて、それで吉沢の部屋に行ったんだよ」

「そうか、俺の部屋に行ったのは、ギイに言われたからなんだ？」

「……なんだよ吉沢、さっきからギイギイって」

「だったらギイが、吉沢には内緒にしておけと言ったら、泉、そうしたんだ?」

「わかんないよ、そんなこと。言われて、尤《もっと》もだなと思ったから、だから――」

「俺とのこと、俺に言わずにギイに相談するんだ、泉は」

「ちょっ、なんだよ、吉沢」

「確かに俺は、同じ階段長でもギイに比べたら遥《はる》かに頼りないよ」

「頼り甲斐《がい》があるとかないとかじゃなくて、単に、ギイのアドバイスは僕の性に合うんだよ」

「肝心の時に、きみは俺よりギイを頼るんだ?」

「そうじゃなくて、なんだよ、なんでそんなに怒るんだよ。それぞれに大切なものがあるんだから、それぞれに大切にしていこうって言ったの、吉沢じゃないか。ギイは僕にとって大切な友人の、ひとりだよ。迷った時に的確なアドバイスをしてくれる貴重な存在だから、そういう意味では頼りにしてるよ。でもだからって、吉沢を頼りにしてないわけじゃない」

「それを俺に信じろって言うんだ、泉?」

「だって、事実だもん」

「わかった」

「……吉沢?」

「わかったから」

「吉沢」

「困った時に誰に相談するのも、誰を頼るのも、確かに泉の自由だ。それぞれに大切なものがあるし、それはそれぞれに、大切にしてゆくべきだと、やっぱり思う」

「吉沢！」

食べかけの弁当の蓋《ふた》を閉め、吉沢が立ち上がった。

「そんな心配そうな顔しなくても、泉、ギイに相談するな、なんて言わないから」

ただ、「それじゃ」

情けないほど、目頭が熱い。

「吉沢！」

こんなみっともない自分を、泉の前に晒《さら》せない。


とびきり素晴らしいお道具、とまではいかないが、高校の施設にしては、かなりの道具を備えた祠堂のお茶室。戦前までは、全ての学生が（授業の一環として）お茶をたしなんでいたそうなので、そのささやかな名残というところであろうか。

男子校にお茶室。一見違和感のある組み合わせだが、そもそも茶の湯の始祖は男性で、それを愛し、結果的には発展させて行ったのも戦国の武将たちなど男性だったのだから、戦後は庶民化がかなり進んでしまったものの、それまでは、祠堂は良家の子息が側仕《そばづか》え二名まで同伴を許されて入学していたくらいケタ外れのお坊ちゃま学校だったのだからして、お茶をたしなむ程度のことは、違和感どころか、当然なのかもしれない。

放課後、本日の活動が終了し、使い終わった黒炭の手入れをしていると、静かに襖《ふすま》が横へ滑った。

「どうした、忘れ物？」

部員が戻ってきたのかと襖を振り返って声を掛けると、

「政史、ひとり？」

泉が顔を覗《のぞ》かせた。

「そうだよ。どうした？」

「もう火、落としちゃった？」

「ああ、大丈夫。いいよ」

政史は鉄瓶の水を茶釜《ちゃがま》に注ぎ足し、「熱くなるまで、少し待ってくれる？」

「うん」

頷《うなず》きつつ、襖を閉めて畳を進んだ泉は、適当な場所に正座すると、「にじり口からじゃなくて、ごめん」

と、言った。

「いいよ、正式な茶席でもなければ使わないんだから」

文化祭でお手前を披露する時でさえ、数百円とはいえお茶券を買っていらしてくださる、おそらく、ほとんどがこれが初めてのお茶席であろうと思われる人々へ、わざわざにじり口から入ってくれとはとてもお願いできない。

迎えるこちら側も、たいした力量でないということも、理由のひとつだが。

湯が沸くのを待つ間、ふくさでひととおりの作法を済ませると、抹茶の入れられた茶碗《ちゃわん》を脇に置いた政史は、

「足、崩してていいよ」

泉を促す。

「うん」

ぼんやりと応《こた》えた泉に、

「どうしたの？」

改めて、政史が訊《き》いた。「なにかあった？」

「うん、まあ」

この時間に泉がここにいるということは、

「今日も弓道場に吉沢くんを迎えに行かないんだ？」

「うん」

「そう」

不躾《ぶしつけ》に立ち入ったことは訊かない政史。どんなに親しくなっても、冷たいということではなく、節度あるつきあい方をする、友人。

沸騰した茶釜から柄杓《ひしゃく》で湯を汲《く》み、茶筅《ちゃせん》で茶を点《た》てる。細かい泡にふんわりと表面を覆われたお茶が差し出されると、泉は両手で茶碗を持ち、軽く一礼した。

「こんなんでいい？」

「いいよ」

「何回くらい、回せばいい？」

「ああ、そんなにぐるぐる回さなくても」

苦笑した政史は、「あのね泉、正面を避けるって言ってね、差し出された茶碗はお客様に対して正面を向いてるから、いただく時には、飲む位置が正面から少しでも外れてればいいんだよ」

「へえ、そうなんだ」

肝心の正面がどこなのかちっともわからないが、それは気にせず、数回に分けてお茶を呷《あお》った泉は、「けっ、こ、う、な、お、て、ま、え、で」

と、笑った。

「お粗末さまでした」

受けた政史は、茶碗を湯で清めると、「どうする？　もう一杯飲む？」

と訊く。

「うん。あ、いいや、やめとく。ありがと」

断って、つい、溜《た》め息。

視線を感じて顔を上げると、政史が心配そうに泉を見ていた。

「あー……」

「訊かれたくなければ訊かないけど、訊いてもいいなら、話してくれる？」

「……うん」

「やっぱり、吉沢くんとケンカしたんだ？」

「昨日はしてなかったけど、今日はしちゃった」

ぶつかったまま、それきり。

「そんなにへこんでる泉、見るの、久しぶりだ」

「だよねえ」

もともとさほど落ち込む性質《たち》じゃないし、吉沢とつきあってからは、多少の浮き沈みはあっても結局はいつもシアワセだったから、このところ、言うなればへこむチャンスに恵まれてなかったのだ。

昼休みに吉沢と衝突して、またしてもどうしていいかわからなくなって、条件反射的にギイに相談に行こうとしたのだが、ここでまたギイを頼ったりしたら、もっとこじれるような気がして、やめた。

やめたはいいが、さて、どうしたものか途方に暮れて、午後の授業と部活の間中、ずっと考えていた。

そろそろ、いつもなら吉沢を迎えに行く時間になって、昨日はある意味あてこすりのように迎えに行かなかったから、これっぽっちの迷いもなく断固迎えに行かなかったのだが、今日は違った。迷っていた。

行くべきなのか、でも、足が竦《すく》んだ。

だから、弓道場へ行かない言い訳に、泉はここへ来たのだ。――政史が茶室にいてくれて、心底ホッとした。もし彼が既に帰寮していたら、泉は行き場に迷っていたかもしれない。

「……どう思う？」

顚末《てんまつ》を話した泉に、

「うーん」

弱った表情で、政史が首を傾げた。「変にこじれた原因は、やっぱり、意思の疎通が失敗したせいなのかなあ」

吉沢がギイを意識してしまうのは、仕方ないような気がする。負けてる感じとか、そういう切なさを、政史はいつも葉山託生に対して感じていた。

張り合う気はない。でも、せめて彼がいる位置に、自分がいたかった。けれどそれは叶《かな》わないとわかっている、——そういう、切なさ。

「あのさ泉、いっそ日曜日の練習試合、応援に行ったら？」

すばる特別展より吉沢を選んだと、吉沢に教えてあげたらどうだろうか。「それくらい吉沢くんが大切だって、教えてあげるってのは？」

「それ、ギイにも言われたけど、さあ」

「泉にとって、すばる特別展が大事なのもわかるけど、今は、吉沢くんを優先した方がいいんじゃないのかな？」

「すばる展を諦《あきら》めて応援に行ってもいいんだ。それはさ、いいんだ。でも——」

そうしたとして、けれど、一時しのぎにはなっても、根本的な解決にはならないような気がする。「吉沢は、つまりは僕を信じてないんだよ。僕が吉沢を好きな気持ちを、信じてないんだ」

つきあい始めたばかりの頃ならいざ知らず、未《いま》だにそういうことなのだ。

「泉……」

「お互いに、ちょっと擦れ違っちゃったけど、でも、包み隠さず経緯《いきさつ》を話せば、本当のことを話したら、ちゃんとわかってくれるって、簡単に解決することなんだって、……甘く見てたのかもしれないな」

「そんなこと、ないよ」

どんなに親しくたって、親しければ親しいほど、ちゃんと話をしていなければ、気づいた時には道が大きく分かれてしまっているかもしれない。「簡単に解決できるかどうかはケースバイケースでも、話をするのは意思の疎通の基本じゃないか。吉沢くんにしても泉にしても、わかって欲しくて、わかってあげたくて、だから、昼休み、ふたりで話し合う機会を、示し合わせたわけでもないのに、持てたんだろ？」

「そうだけど」

「一度くらい話し合いに失敗したからって、諦めることないのに。また話し合えばいいじゃないか。ふたりは、恋人同士なんだからさ」

なにかが擦れ違っても話し合うことすらできず、溝が深まるばかりの間柄だって、あるんだから。「お互いに納得できるまで、何度でも話し合いなよ」

「……うん」

「ねぇ泉、ひとつ気がついたんだけど」

「ん？」

「吉沢くん、本当は泉のこと、すごく束縛したいんじゃないのかな」

「え……？」

「泉の言う地球と月のように、本当は吉沢くん、泉のこと、束縛したいんだよ、きっと」

けれど泉のことを深く想う愛情が、それを抑えてる。「でなきゃ、そんなにギイに嫉妬《しっと》したりしないだろ？」

「嫉妬かなあ？」

吉沢のギイに対するそれは、そんなに積極的な感情だろうか。「単に引け目を感じてるだけなんじゃないのかなあ」

「そんなことない。どんなに自分が『負けてる』ってわかってても、それでも、嫉妬するものだよ」

望みがないのに憧《あこが》れるのと同じくらい厄介に、嫉妬の感情は生まれてくる。

「——政史、やけに説得力あるんですけど、今のセリフ」

実感ありありで、「まるで、体験者は語る、みたいだよ」

冗談混じりに笑った泉に、

「体験者だもん」

政史も笑いながら、頷《うなず》いた。


弓道場の外へ出て、誰もいない空間に、吉沢はちいさく溜め息を吐《つ》いた。

「……当然か」

口論の後で、それも吉沢が泉を責めたみたいな形になって、それでも泉が吉沢を迎えに弓道場に現れる、わけがない。

あれじゃあ、八つ当たりだ。——八つ当たりは泉の専売特許なのに、吉沢が、真似してどうする。

「ごめん、泉」

済まない気持ちがある反面、やはり胸の内は不穏にざわつく。

意識すまいとしている心の奥底にある本音が、ひょっと目の前にちらついて、慌てて吉沢はかぶりを振った。

「お疲れさまでしたー」

動揺している吉沢の横を、元気に挨拶《あいさつ》しながら通り過ぎてゆく後輩たちの背中に、頭ひとつすらりと高い後ろ姿を見つけ、

「おい、中前！」

呼ぶと、彼は立ち止まって振り返った。

「なんですか、吉沢先輩」

吉沢へ小走りに寄った中前へ、

「今日、どうした？」

瞬時に先輩の顔に戻って、吉沢が訊《き》いた。「歯切れがイマイチ、良くなかったよな。なにかあったのかい？」

訊かれて、中前はくしゃりと顔を歪《ゆが》ませると、

「参ったなあ、なんでそんなにお見通しなんですか、吉沢先輩」

逆に訊く。

「や、お見通しってわけじゃないけど、昨日までのノリと違ってたから」

的を外すほどの不調ではないが、全体的に覇気がなかった。

やっと利久が浮上してくれて、ホッとしたのも束の間、入れ違いに中前に沈まれては、弓道部としては嬉《うれ》しくない。

「実は、ダメモトで明後日《あさって》の練習試合、応援に来てくれませんかって岩下先輩を誘ったんですけど、みごとに玉砕しちゃいました」

「え……、誘ったんだ、岩下くんを」

軽い調子で中前は言うが、どんなに勇気を振り絞って中前が政史を誘ったことか、想像に難くない。「うーん、つくづく大物だなあ、中前は」

唸《うな》る吉沢に、中前がどっと赤面する。

「でも、やっぱり断られちゃいましたから、はっきりと」

「それにしても、中前の潔さには感心するよ」

だって、吉沢にはとても言えない、ギイなんか、というセリフは。――自分の希望を、泉に押しつけることも。例えそれが本心でも。

「日曜日に先約があるとかって。――断る口実かもしれませんけど」

「あれ、じゃ、もしかしたら岩下くん、高林くんたちと一緒にすばる特別展に行くんじゃないかな」

「すばる特別展？」

「詳しくは知らないけどね、とにかくスゴイらしいんだよ」

「すばるって、なんですか？」

「あれ、知らない？ 日本一大きな天体望遠鏡で、ハワイにあるんだよ」

「なんでハワイにあるのに日本一なんですか？ アメリカ一とかじゃないんですか？」

「や、だから、すばるは国立天文台の望遠鏡だからさ」

「日本の国立天文台が、どうしてハワイにあるんですか？」

「どうしてって、――詳しいことはわかんないけど、なんか、そうなんだってさ」

詳細は高林くんに訊いてくれ、という、言外の悲鳴を汲《く》み取ってくれた中前は、

「岩下さんも、天体に興味があるんでしょうか」

質問の矛先を変えてくれた。

「らしいよ。高林くんとふたりで、天体の話で盛り上がったらしいから」

「そうなんだ」

頷きながら、中前が夜空を見上げた。「これでまたひとつ、岩下さんのこと、知りました」

嬉しそうな横顔に、

「なあ中前、昨日岩下くんの話をしてた時に、突然片倉くんの名前が出ただろ？　あれって、なに？」

泉の次に気掛かりだったことを、訊いてみた。

「なにって、その……」

言い淀《よど》む中前は、けれど、「吉沢先輩、岩下さんの好きな人って、知ってますか？」

「知らないよ。岩下くん、好きな人がいるのかい？」

泉からも、そんな話は聞いていない。

「はっきり岩下さんからそうと聞いたわけじゃないですけど、去年一年、ずっと岩下さんのことを見てて、ある時、気づいたんです。岩下さんも、ずっとある人を見てたから」

「ある人……？　って、――ええっ!?」

「それが、片倉先輩だったんです」

「まさか！」

俄《にわか》には信じ難い。

数日前、葉山託生に拉致《らち》されるように利久の様子をこっそり偵察に行った彼らのクラスで吉沢が目にしたのは、岩下が利久を警戒する、ぎくしゃくした空気だったのだ。

好きどころか、とても距離を置かれてる感じで。だから、昨年は泉につきあわされてちょくちょく弓道部へも顔を出していた岩下が、新学期が始まって以降、一度も顔を出さないのも、そういう理由かと解釈していた。

「でも片倉先輩には彼女がいるし、岩下さんのことなんてなんとも思ってないみたいなのに、それでも岩下さん、片倉先輩のこと好きらしいから、だから俺《おれ》、片倉先輩にひとつでもいいから勝ちたかったんですよ」

「それでリベンジが、レギュラーの座争い、だったのか」

利久が岩下に嫌われるようなことをしたのではなくて、片恋の岩下が、いたたまれずに利久と距離を取っていたのか。「中前の、男の意地だったんだ」

「俺がレギュラーになれたところで、もう一度告白したところで、岩下さんが俺とつきあってくれる望みなんか、ほとんどないって、わかってるんです」

可能性はゼロじゃない。でも、限りなくゼロに近いと、わかっている。「だって、悔しいじゃないですか。ひとつも勝負しないで、ただ負けて終わるなんて」

——え?

「片倉先輩は俺のこと、ライバルなんて思ってないけど、だから俺が一方的にライバル視してるだけだけど、やるだけやらないと、後悔するから」

「そう、だよね」

「岩下さんと祠堂で一緒にいられるの、もう一年しか残ってないから」

「……そうだよなあ」

下手なヤキモチ、妬《や》いてる場合じゃないかもしれない。——泉と一緒に過ごせる高校生活は、この一年間で終わってしまう。


弓道部の友人と寮へ帰る途中、林の道を抜けグラウンドに差しかかった時、ふと、学生ホールの明かりが目についた。

ズボンのポケットに、小銭があったはず。

取り出すと、五十円玉がひとつと十円玉が数枚。

「俺、学生ホールに寄りたいんだけど」

利久が言うと、

「えーっ、俺もう腹ぺこだよ。寄り道なんかしないで学食行こうぜ」

当然のクレームが出た。

「悪い、じゃや、先、行ってて」

「おう、後でな。列の順番、取っといてやるから、すぐに来いよ」

「わかった、ありがと」

礼を言って友人と別れ、利久は学生ホールまで急いで走った。

グラウンドではまだラグビー部が片付けやエンドのランニングをしているが、それ以外に、学生ホールの中にも人影はない。

防犯上の理由で、一晩中、明かりの点《つ》いてる学生ホール。

横開きの軽いサッシの入り口を開けると、森閑とした空間に、自販機の低く唸《うな》るような音がやけに大きく聞こえていた。

硬貨口に小銭を落として、抹茶のボタンを押す。

ほどなくして出てきた、紙コップの抹茶。一口飲んで、

「うわっ」

これは、甘い。しかも、薄っぺらい味がする。

どちらかと言えば甘党の利久だが、知らなければ、これはこれでおいしい飲み物と思えるのかもしれないが、

「岩下の点《た》ててくれたお茶を想定して飲むと、キビシイものがあるなあ」

名前は同じ抹茶でも、実際は全くの別物。富士岡の言うとおりだ。

こんな安い紙コップの抹茶と比べるなんて論外で、きちんと点てられたお抹茶と比べても、岩下のはきっと、おいしいのだ。

「――もう、飲めないのかな」

手の中の紙コップに視線を落とすと、利久は肩で息を吐いた。

寮の玄関で泉と別れ、部屋に向かう途中、

「あ、岩下、こっちこっち」

ロビーの方から、ギイに呼ばれた。

この春から、タイトでストイックな風貌《ふうぼう》にイメージチェンジしたギイは、でも、どのみち祠堂随一の美男子に変わりはなく、特別な感情がなくても、一緒にいるとドキドキする。

電話ボックスの扉を大きく開き、通話口を手のひらで押さえたまま、

「呼び出しの放送、かける手間が省けたよ」

政史に受話器を差し出した。

「ありがとう」

ドキドキしたまま受け取って、うっかり、誰からの電話か訊《き》くのを忘れてしまった。

なんの気持ちの準備もなく、

「もしもし？」

と言うと、

「こんばんは、岩下くん」

自分の母親と同い年くらいの、どこかで聞いたような、あったかい雰囲気の声がした。

「あの、どちらさまでしょうか？」

「ご無沙汰《ぶさた》してます、片倉です」

「あ……」

利久の母親だ。「あの、ご、ご無沙汰してます、お元気ですか？」

あまりの不意打ちに、思いっきり動揺した。

「元気よ、元気。どうしたの？　夏に来た時に、春休みにも遊びに来てくれるって言ってたから、みんなで楽しみに待ってたのに」

この母にしてこの子あり。

屈託のない、きさくな利久の母親とは、昨年も何度か電話で話す機会があった。

息子に用事で電話をしたはずなのに、その前にちょっとだけ、と、政史と喋《しゃべ》っているうちにすっかり当初の目的を忘れ、電話の隣りで利久がむくれるということがよくあった。基本的に家族思いの利久は、中でもとりわけ母親っ子なのだ。

「春は、ちょっと、都合がつかなくて。すみません」

「いいのよいいのよ、ゴールデンウィークは無理でも、夏にまた遊びにいらっしゃいよ。七夕のお祭りもあることだし」

「はい、ありがとうございます」

「あらやだ、お礼を言うのはこっちだったわ。岩下くん、お菓子をどうも、ごちそうさま」

「――は？」

お菓子？

利久にあげたバレンタインのチョコは、弓道部の部員で食べきったはずだ。あのチョコ以外に、利久にお菓子をあげた憶《おぼ》えはない。

「利久ってば、照れてだかなんだか知らないけど、バッグの底の方にこっそりしまってて。あんな湿気《しけ》った場所に入れといたら、せっかくの和菓子、カビが生えちゃうじゃないの、ねえ。しようがないのよ、相変わらずだらしなくて」

……和菓子？

「家に帰って来た途端、すぐに部屋を散らかすから、掃除に入ったついでに手荷物も整理してあげたのよ。そしたら出てきたの。あの子が和菓子をうちの土産に買うわけないんだから、これはきっと岩下くんからいただいたに違いないってことになってね、わたしたちにあげるのが勿体《もったい》なくて、それで利久ってば、バッグの奥に隠してたのね。せこいでしょう？　お先にいただいてたら、利久ってば、それはそれはびっくりして、おかしかったのよ」

「あの、僕から貰《もら》ったって、片倉くん、そう言ったんですか？」

「ごにょごにょ口の中で誤魔化《ごまか》してたけどね、岩下がどうとかこうとか。なにもそんなに照れなくてもいいのにねえ、まるで恋人から貰ったみたいだって、ついからかっちゃったわよ」

……どういうことだ？

「利久がこっそりバッグにしまってたせいで、多少日にちが過ぎちゃってたけど、干菓子だったからちっとも問題なかったし、おいしかったわよ。ごちそうさまね、岩下くん」

「いえ、あの、干菓子って、もしかして落雁《らくがん》ですか？」

「そうそう。上品な甘さで、あれって、お手前の時に出す和菓子でしょう？」

「あの、本当に片倉くん、それ、僕からって……？」

「あら、なにか訳有りなの？　わたしたちが食べちゃまずかったかしら」

「そうじゃなくて、ですね」

確かに、利久の友人で利久に落雁を贈るようなことをしそうな人は、自分以外にいそうにない。けれど、政史はなにもあげてはいないし、利久が誰からも貰ってないとしたら、彼が自分で買ったことになるのだが、家の土産に買ったのなら、バッグの底にしまっておくというのは変だ。「あの、日にちが過ぎてたって、どれくらいですか？」

「えーと、どうだったかしら。利久が帰省したのが二十日だったから、見つけたのはそれより一週間後くらいかしらね」

「落雁の包装紙に、年月日の判、ありませんでしたか？」

駅の売店とかでなく、ちゃんとした店で買ったのなら、購入した日付の判が押されているかもしれない。

「ああ、いついつ買いましたって判？　あったわよ。十二日か十三日か、そんな数字だったような気がするわ」

ホワイトデーより、前だ。

「もしかして……」

いや、そんな都合の良いこと、考えちゃいけない。

「すっかりお礼が遅くなっちゃったけど、ごちそうさま」

「それでわざわざ、電話をしてくださったんですか？」

「学校が始まってすぐは、いろいろ忙しいから電話するなってのが利久の口癖だから、二週間以上経ったし、もうそろそろいいかな、と、思ったのよ。粗相の多い子ですけど、これからもよろしくね、岩下くん」

「……はい」

「それじゃ、おやすみなさい」

「おやすみなさい」

電話を切って、政史は電話ボックスを出る。

自分の部屋へ向かいながら、いけないとわかっているのに、巡る思考を止めることができなかった。

ドキドキが、治まらない。

お手前に使えそうな落雁を、もし利久が買ってくれていたなら、ホワイトデーに間に合うように用意してくれていたのなら、それは、どういうことなのだろうか。

弓道部のみんなへ、と、政史があげたチョコのお返しに、茶道部のみんなへ、と、利久が落雁をプレゼントしてくれるつもりだったと、いうことだろうか。けれど結局手渡せなくて、それで実家に持ち帰ったのだろうか。

「……片倉くん、お返しを、用意しててくれたんだ」

都合の良い見当違いかもしれないけれど、でも、嬉《うれ》しい。

ひっそりと喜びを噛《か》みしめて、——唐突に、気がついた。

……ああ。

「そうか」

人柄として、チョコレートをいただいた以上お返しはしたかったけれど、ちゃんと買ってはみたものの、渡して、下手に誤解されるのがイヤだったんだ、片倉くん。

好意があると誤解されるのが、イヤだったんだ、片倉くん。


「あ、ギイ」

階段の上、手摺《てす》りから吉沢の顔が覗《のぞ》いた。

「よっ、なに吉沢？」

「探してたんだ。時間、ある？」

「あるよ。オレの部屋？　吉沢の部屋？」

「どっちでもいいよ」

「じゃ、屋上」

「なんだい、それ」

笑う吉沢に、ギイも笑って、

「いいからいいから、屋上、屋上」

がしっと吉沢の肩を抱くと、ギイは本当に屋上へ向かった。

四月の下旬とはいえ、山奥祠堂の夜は寒い。

キンと冷えた空気に思わず首を竦《すく》めた吉沢に、

「見ろよ、吐く息が白いぜ」

楽しそうにギイが言った。軽い足取りで屋上の中央まで来ると、「吉沢、ほらほら、満月」

夜空を指さす。

見上げるとそこに、大きなまあるい月。

「これで秋なら、中秋の名月だね」

風流な吉沢の感想に、満足げに頷《うなず》いたギイは、いきなりの寒さに曇ったメガネを外してブレザーの胸ポケットに差すと、

「後で高林と見に来たら?」

微笑《ほほえ》みながら、言う。

言われて、吉沢は赤面した。

「――ひょっとして、読まれてる？」

「フロアに問題が起きたって話は聞いてないし、昨日の今日で吉沢がオレに用事があるとしたら、高林絡みかな、とね」

ああ。なんでもお見通しなのは、吉沢じゃなく、ギイだ。

「恥を忍んで、だけど、ギイ、高林くん、ギイに、俺《おれ》とのなにを、相談したんだい？」

「吉沢、あれは相談じゃない。八つ当たり」

「――へ？」

「吉沢がものわかりが良過ぎるんだーっ、だーん！　って、容赦なく体当たりされるんだよ、オレ」

ものわかりが、良過ぎる？

「それぞれの自由は大切にしようって吉沢の方針が、ありがたいけど、淋《さび》しいんだろ」

「淋しい？」

「他の誰にされても大迷惑でも、吉沢には、束縛されたいんだとさ」

「え……」

「吉沢、地球と月の関係って、知ってる？」

「潮の満ち引き、とか？」

「潮力じゃなくて、引力の方」

「それは、小学校で習ったから、高林くんほど詳しくは知らないけど、なんとなく」

「曇ってなかったら、昨日もこれに近い満月だったんだよな」

「うん、そうだね」

「高林が月が見えなくてどうとか文句をつけてたからさ、あれこれ総合すると、月が自転するのを許されないくらい地球に束縛されてるのが、どうも羨《うらや》ましいらしいんだな」

「でも、束縛も過ぎれば、窒息しちゃうだろ」

「高林にも、その辺りはわかってるんだよ。吉沢の言い分の方が正しいって、わかってるってさ。でも、矛盾してると承知でも、束縛もされたいそうだ」

「でも……」

「吉沢の本音としては、どっちだった？　すばるなんか見に行かないで、応援に来い？」

「違うよ。やっぱり、すばる特別展に行った方がいいと思うよ」

「それでいいんだ？」

「だって、ずっとつきあっていたいんだよ」

高校を卒業しても、社会人になっても、それぞれの道を、夢を思い描く時代だけでなく、現実に歩み出してからも、ずっと、彼の一番でいたいのだ。

恋愛だけが人生の全てではないから、ひとりの人間として、学ぶべきことの邪魔はしたくないのだ。

「じゃ、オレのことは？」

「え……？」

「恋人の俺がいつも側にいるんだから、ギイなんかに泣きつかないで、言いたいことは全部俺に言え、くらいのこと、高林にぶつければ？」

「——ああ」

苦笑した吉沢は、「言いたいし、言いたかったけど、駄目だよギイ。だって、そういう自分も、ギイに泣きついてる」

「……あ」

「だろ？」

「だな」

「さっきギイに、高林くんが、他の誰でもなく俺だけに束縛されたがってるって教えられて、そしたらなんか、憑《つ》き物が落ちたような気がしてさ」

ギイには負けてる。完全に、負けてる。でも、「高林くんがそれを望んでる相手が自分だけだってわかって、エゴイスティックな感情だなって思うけど、嬉しいんだ」

それに、ふがいなくも、泉がギイを相談相手に選ぶ気持ちが、しみじみとわかる。頼りにする気持ちが、しみじみと、わかる。

「まあね、身勝手と言われようと、そういうもんだよな」

「それにギイ、月もやがて、自転するようになるんだよ」

自分の束縛から逃れるように恋人が好きなことを始めたら、それはもう、ショックであろう。ならば、最初から不必要な束縛はしない。それが、吉沢のスタンス。

「まあでも、吉沢が断っても、すばる展より吉沢の応援に行きたくなったら行けばいいとは、言っといたから」

来いと命令できないけれど、来てくれたら、それは、嬉《うれ》しい。

「ありがとう、ギイ」

「うまく仲直りできるといいな」

「頑張るよ」

「では、これにてお月見会議、終了」

ギイは夜空を見上げると、「おやすみ、満月」

バイバイと月に手を振って、胸ポケットのメガネを掛け直すと、吉沢を促し、階段に続く重い鉄のドアを開けた。

「おいしく抹茶を点《た》てるコツ？」

学食で夕食を摂《と》りながら、政史は訊き返した。

偶然テーブルが一緒になった富士岡は、わざわざ岩下の隣りの席へ座り直すと、

「片倉ってば、なにかとオモシロ過ぎ！」

と、昨年の同室者ならばこの面白さが分かち合えるとばかり、片倉利久の七不思議と銘打って、直立不動の姿勢で一晩中寝ていることや、あれこれと、利久のおかしなエピソードを繰り広げてくれた。

以前から、果たしてそのような奇っ怪な寝相であったのか、特に気にしていなかったので覚えてはいないが、

「おいしくって、——え？」

寝相とは関係ない唐突な問いに、「富士岡が、お手前を習いたいのか？」

政史は多少面食らいながら、訊いた。

「いやいや、お茶を点てるのは俺じゃない」

富士岡はスープを一口飲むと、「じゃなくて、片倉のヤツに教えてやってくれよ。あいつ、夜中にいきなり、旨《うま》い抹茶が飲みたいとか言うんだぜ」

「……ああ」

引き続きの利久ネタだった。

そう言えば、昨年、夜中に突然リクエストされて、淹《い》れてあげる代わりに給湯室からお湯を運んでもらったことが度々あったっけ。

「岩下、お前、去年片倉を甘やかし過ぎただろ」

「そんなことないよ」

「なにげに世話焼きだもんな、岩下。末っ子って、自分が甘えたいばかりかと思ってたけど、そうでもないんだな」

上に兄が四人もいて、それぞれに子供好きの奥さんがいて、年の離れた両親は一番ちいさい末の息子を溺愛《できあい》していたし、そんなこんなで、喋《しゃべ》らなくても用が足りてしまい、言葉も遅くひどくおとなしい子供だった政史だが、それだけに、人の世話を焼くことに一種憧《あこが》れを抱いていた。なので、続々誕生する甥《おい》や姪《めい》の面倒もよく見たし、やりたい放題の末っ子、というようには育たなかったのである。

「そんなに抹茶が好きならさあ、いっそ片倉が自分で点てちまえばいいんだよな。ってのが、俺の結論」

　そしたら誰にも迷惑をかけない。「だからさ岩下、こっそりコツを伝授してやってくれよ」

「コツなんて特にはないよ、細かい泡が点《た》つようにするくらいかな」

「それ、どうすんの？」

「茶筅《ちゃせん》を垂直に立てて、素早く細かく動かして、お茶に空気をふっくらと取り込ませるようにするんだ」

「へえ」

「でも、習うより慣れろだよ。理屈がどうとかより、何度もやって感じを摑《つか》んだ方が早いし、うまくいく」

「それそれ、そういうこと、片倉に教えてやってくれないか」

「どうして僕が……」

「モト、同室のよしみで。な？　——と、噂《うわさ》をすればだ」

　トレイを手にした利久が、弓道部の仲間と空席を探してキョロキョロしている。「おーい、片倉！」

　大声で呼んで手招きする富士岡に、政史はギクリと息を詰めた。

「ちょ、待てよ富士岡、誰も教えるなんて——」

呼ばれて富士岡を見た利久は、隣りに座る政史に気づき、凍ったように、足を止めた。――ほら、案の定だ。

去年のバレンタインから、利久の態度が変わってしまった。政史の一挙一動に、過剰なまでに反応して、まるで、なにごとかに警戒されているようだった。

きっかけはチョコだと、すぐにわかった。上手に誤魔化《ごまか》したつもりだったのに、自然に手渡せたと思ってたのに、こんなことなら、なにもしなければ良かった。冗談や遊びにでも、バレンタインにチョコをあげたりしなければ良かった。そしたらずっと、友人でいられたのに。

あれから、何度も何度も後悔した。楽しいはずの春休みも気持ちは沈んだままで、新学期、クラスが別になってくれたらどんなにいいだろうかと、ずっと祈るような心持ちだった。

落雁《らくがん》のことなんか、知らなければ良かった。――そうだよね、男に好かれたら、気持ち悪いよな。

利久が政史を避けていたから、政史も利久を見ないようにした。近づかないようにした。接点を持たないようにしていたのだ。

だが利久は、

「そこ、ふたつ空いてる?」

訊《き》きながら、歩きだした。

政史の正面と、その隣りの空席に、利久と弓道部の仲間がトレイを置く。

「あ、またトマト残してる」

椅子《いす》に腰を下ろすなり、利久が言った。

一瞬、それが誰に向けられた言葉なのかわからないでいると、

「岩下、色の濃い野菜は体に良いんだよ。せめて一切れくらい、食べなよ」

「え――？」

驚いた。「あ、……うん」

利久に話しかけられるなんて、何週間ぶりだろうか。

「おい片倉、お前の代わりに俺が岩下に頼んでやったからな」

得意げに切り出した富士岡へ、

「え、なにを？」

利久がキョトンと訊き返した。

「そんなに旨い抹茶が飲みたいなら、自分で点てられるようになるのがベストだろ。だから、岩下に抹茶の淹れ方の指導を、頼んでやったぞ」

「ええっ!?」

さすがに、戸惑うように政史を見遣《みや》った利久は、富士岡に視線を戻し、「いきなりそんな、

勝手なことされてもさあ……」

言葉を濁した。

それだけで、――いたたまれない。

「なんだよ、俺の親切に感謝しろよ、片倉」

まるで拷問のようだ。

「富士岡、まだ引き受けるなんて――」

「だって俺、不器用だからさ」

政史の言葉尻《じり》へ被《かぶ》さるように、利久が言った。「練習したって、岩下みたいに上手に淹れられるわけないよ」

そうか、ちゃんと遠回しに断ってくれるんだ。……優しいね、片倉くん。

政史が俯《うつむ》きかけた時、

「すっげ不器用でも、呆《あき》れないか、岩下?」

利久が政史に訊いた。

――え?

見上げると、はにかむように笑った利久は、――彼の自分に向けられる笑顔を、いったい、どれほど見ていなかったのだろうか。

「岩下が教えてくれるなら、俺、覚えたいんだけど、いいかな」

　と、言った。

「――か、たくらくん？」

「その……、あ、明後日《あさって》が練習試合で、明日の午後も、せっかくの半日休みだけど、ちょっとマジに部活やらないとだから、本当は茶道部にお邪魔して教えてもらうのがいいんだろうけど寄れそうにない、からさ、どうすればいいか、な」

「……明後日、練習試合なんだ」

「うん。レギュラーかかってるし、頑張らないと、だから」

「そうだね」

　ああ、そうだね。――そうだね、片倉くん。きみと、こんなふうに普通に話したの、久しぶりだね。「だったら、部屋で教えてあげるよ」

「え……と、岩下の部屋って、１０４だよな」

「それでもいいけど、都合のいい日を教えてくれたら、僕が道具持参でそっちへ行くよ。だから富士岡、きみも覚えるんだよ」

「えっ、なんで俺⁉」

「片倉くんだけに習わせないで、富士岡も頑張らないとね」

「だから、どういう理屈だよ、それは」

「同室のよしみの法則」

笑った岩下に、

「ちくしょー」

口を窄《すぼ》めて、富士岡がぼやいた。「俺《おれ》は片倉以上に不器用なんだよーっ」


「ホントだ。綺麗《きれい》な満月」

闇《やみ》に白く息を弾ませて、泉が言った。

華奢《きやしや》な肩を背中から抱きしめて、

「昼間はごめん」

吉沢が謝る。

「いきなり屋上に月を見に行こうなんて言うから、びっくりしたよ」

夕食後、部屋で寛《くつろ》いでいたところへ、吉沢が泉を誘いに来た。

昼間のいざこざが尾を引いて、なんとなく、ふたりの会話はぎこちなかったけれど、それでも吉沢に誘われるまま、泉は屋上までついて来た。

抱きしめられた背中が、あたたかい。

「階段長が、一番忙しい時間帯にこんなことしてて、いいの？」

応《こた》える代わりに、抱きしめる腕の力が強くなる。

「クビになっても知らないよ」

言いながら、泉はそっと、胸の前に交差された吉沢の腕に指を当てた。

「いずみ」

……好きなんだ。

言葉が風になって髪を揺らす。

「ねえ吉沢、ギイに、嫉妬《しっと》した？」

訊きたかった、大切なこと。

「したよ」

すごく。「今も、してる」

敵《かな》わないから、どうしても。

「でも僕は、吉沢が、好きだよ」

「うん」

「わかってる?」

「ごめんね、泉」

「つきあい始めたばかりの頃、吉沢がなかなか僕に手を出してくれなくて、むくれてばかりいたの、覚えてる?」

「うん」

「キスなんて、僕からだってできるけど、でも吉沢、僕は、吉沢からキスされたかったたし、吉沢に抱きしめてもらいたかったし、吉沢と、——吉沢が、良かったんだ」

　こうして月を眺めるのも、体に触れるのも。

「……泉、日曜の練習試合、応援に来てくれないかな」

「すばる特別展を差し置いて?」

「俺との約束、優先してくれないか」

「そっちの方が先約だって、覚えてたんだ、吉沢?」

「でも泉は忘れてただろ? 無理強いするつもりはなかったから、だからね」

「忘れてってごめんね。でも吉沢、今更応援には行けないよ。何人かで行く約束になってるし、それこそドタキャンになっちゃうよ」

「来てくれたら、嬉《うれ》しい」

「吉沢……」

「ごちゃごちゃ言っちゃったけど、もちろん今でも、泉はすばる展に行くべきだと思ってるけど、でも、泉が応援に来てくれたら、俺は、嬉しい」

それを、伝えたかったんだ。「でも、絶対に来いとは、言わないから」

「そんな言い方、ずるいよ、吉沢」

「……ごめん」

「ねえ、吉沢」

「ん？」

「もっと、ぎゅって、してくれる？」

「え？」

「腕。もっと、苦しいくらい、ぎゅっとして」

呼吸ができないくらい抱きしめられたら、どうなるんだろう。

身動き取れなくなるくらい、きつく縛られたら、どうなるんだろう。

「全力を出したら、折れちゃうよ」

困ったように、吉沢が言った。「そんなに力、入れられないよ」

己の身長よりも長い大弓を、楽々と引いて矢を射る吉沢。

「手加減しないでよ、吉沢」

「しないわけにはいかないだろ。本当に、鎖骨やあばらくらいなら、折れるんだよ？」

「骨折したら、吉沢、看病してくれる？」

「それはするけど、でも、泉」

「吉沢の応援に行きたいけれど、でも、行かない」

「……泉」

「ギイは、いっそ応援に行けばってすすめてくれたけど、僕は、行かない。この意味わかる、吉沢？」

くるりと吉沢の腕の中で身を返し、泉は背の高い吉沢を見上げた。

夜空の満月。

吉沢は僕を束縛しないけれど、僕も吉沢も、捕らわれている。この距離を縮めたくて、いつだって、触れていたくて。

重なる口唇の、微熱が嬉しい。

体を辿《たど》る吉沢の指先に、吐息がこぼれた。

晴天の、日曜日。

午前に団体戦、午後からは個人戦。

自校開催の相手校の方が有利であるのに、八名という規定枠から外れた多人数の試合ではあったのだが、人数の多さからくるバラつきが逆に幸いして、団体戦はどうにか凌《しの》いだ。

なにせ、面子《メンツ》の中に中前が入っている。

しかもヤツは今日、いつにも増して気合入りまくりなのである。

「それにしても、試合となると、物怖《ものお》じしない男だなあ」

普段はあんなにシャイなのに。

「そういうところも、吉沢二号だよな」

「でも今回、片倉もえらく、頑張ってるじゃん」

そうなのだ。

何度となく利久の試合は見ているが、あんなに積極的に矢を射る彼を、初めて見た。

会場の雰囲気に呑《の》み込まれたり、集中力を持続できなかったりと、試合中に気持ちが乱れることの多かった利久が、午前中の団体戦、一度も緊張を弛《ゆる》めなかったのだ。

午後の個人戦に移る前の、一時間の昼食を兼ねた休憩時間、弓道場を取り巻いていたギャラリーも（試合を見に来ているのか、片や共学、片や噂のお坊ちゃん学校という、応援に集まった双方の学生たちを物色に来たのかは、おいといて）バラバラに散ってゆく中、

「岩下先輩！」

たくさんの人波を渡って、中前の声が届いた。

声だけでなく、人々の間を掻《か》き分けて、中前が姿を現す。

頬《ほお》を上気させた中前は、

「今日は、ありがとうございます！」

ペコリと頭を下げた。「日曜は先約があるっておっしゃってたので、諦《あきら》めてました」

だが生憎《あいにく》と、中前の応援に来たわけではないのだ。

返事に詰まった政史は、曖昧《あいまい》な表情のまま、

「礼なんか、言わなくていいよ」

視線を泳がせた。

その時、

「いわしたー！」

政史の腕を、横から現れた富士岡が引いた。「いたいた、こっちこっち、昼飯、みんなで集まって食おうってさ」

中前の存在に気づかぬまま、人混みをぐいぐい引っ張ってゆく。

「なに、どこ？」

連れ出してくれた富士岡にホッとしながら、政史はやはり、後悔していた。——来ない方が良かったかもしれない。

訪れたこの公立校は街中にある学校にしては敷地も広く、グラウンドの周囲には樹木が緑を茂らせている。その一角、木陰で数名の友人たちが、コンビニ弁当を手に集まっていた。

制服姿のおかげで、遠目からでもわかりやすい。

ただの外出ならば私服でバッチリ（個人差はかなりあるが）決めるのだが、他校を訪れる時には制服で、という校則の項目に対し、いつもならば不承不承従う彼らが、行き先が共学で、女の子たちがいて、しかも、自分たちの学校の評判が決して悪くないとわかっている時は、嬉々《きき》として制服を着る。

現金と言われようとも、そういうものだ。

学校名もブランドのうち。祠堂の制服を着ているだけで注目されれば、ちょっとだけアイドルな気分に浸れる。

おまけに今日は、新聞社も取材に来ている！　と、浮かれる条件が揃《そろ》いっぱなし。

呑気《のんき》でミーハーなギャラリーはさておき、政史は片手に持ってるビデオカメラを、いっそ誰かに託そうかと、本気で考えていた。

『お願いっ！　吉沢の試合、これでこっそり撮っといてくれる？』

どこで調達したのやら。最新式のデジタルビデオカメラを手にした泉に拝み倒されて、なまじ裏事情を知ってるだけに仕方なく、政史は本日、先約をキャンセルしてまで、ここにいるのである。

『でもって、吉沢にヘンに近づくヤツがいたら、追っ払って！』

それはともかく、

「まずいよな……」

比喩《ひゆ》でなく、瞳《ひとみ》が輝いていた中前。——誤解を招いたどころか、期待させてしまった。

このまま放置しておくと、よろしくないような気がするが、これから個人戦が控えている中前に、どう話せば、がっかりさせることなく、正しく事実を認識してもらえるだろうか。

厄介だ。

そもそも、中前とそんな話をする時間も、機会だって、ない。

やはり残る手段はひとつ。——政史が午後から姿を消せば、話さなくても伝わるだろう。肝心の個人戦にいなければ、中前にはきっと、わかるだろう。申し訳なくも、中前の応援に来たわけではないのだ。ということが。

それにしても、泉への友情の為とはいえ、仕方なくここへ来たのに、なんだって、こんなに気を遣う破目になるんだろう。

気が重い。

ただ、――ケガの功名なんて言ったら泉に怒られそうだけど、ビデオカメラのレンズを通して、もちろん吉沢の試合も写したけれど、録画のスイッチこそ押さなかったが、画面一杯に、利久を見ていた。

これまでも、泉のように毎回欠かさずとはいかないまでも、何度か弓道部の試合は応援に来たことがあるのだが、一所懸命は確かにいつも一所懸命だったけれど、利久はどこか自信なさげで、それがそのまま結果に結びついていたのである。

あんなに気迫を漲《みなぎ》らせて的に挑む利久の姿を、初めて見た。それを、レンズを通して間近に見られて、それだけで、来た甲斐《かい》があったと思った。

彼の中で、なにかが変わった。もしくは、変わろうとしているのかもしれない。

学食で利久に話しかけられてから、これまでのことがウソのように、普通に話をするようになった。挨拶《あいさつ》も、雑談も。

利久が、敢《あ》えて積極的に、政史に近づこうとしてくれているのが、わかる。

おかしな意味でなく、普通の友人としての距離を、取り戻そうとしてくれているのが。

でも、話はするし、気持ちの距離も縮まったけれど、肩が触れた程度でも、利久はひどく驚くのだ。

頑張ってるけど、無理もある。——それでも、嬉《うれ》しい。嫌われるより、避けられるより、この線より入って来られると困るけど、その手前までなら大丈夫、と、許されている方が、ずっと良い。

ただのともだち。それが利久の、精一杯。

でも、それでいい。

「ここ共学なのに、試合に女の子、出てなかったよなあ」

弁当を頬張《ほおば》りながら、誰かがぼやく。

「団体戦は、男同士の勝負だったらしい」

「えっ、じゃ、午後の個人戦からは、女子部員も出るのか？」

「どうかなあ？」

「ハッキリしろってば」

「知るかよ、弓道部のヤツに訊《き》けばいいだろ」

そこへ、袴《はかま》姿の利久が、息を切らして走って来た。

「すげ、ちょータイムリー」

「どうした片倉、昼飯は？」

「弓道場の控室で、もう済ませた。で、トイレに行ったら、窓からみんなが見えたから」

「なんだそりゃ」

「トイレかよ、こっちは食事中だってのに、汚ねー話題」

「手、ちゃんと洗ってきたんだろうなあ」

「あ、うん」

頷《うなず》きながら袴の脇《わき》へ手をこすりつけた利久に、

「あっ、やっぱり洗ってないな」

誰かがからかう。

「ちが、違うって。あの、岩下、少し、いいかな」

「……え？」

弁当の包みを開きかけていた政史は、手を止める。

「待て、その前に訊かせろ片倉。午後から女子部員、出るのか？」

「さあ？」

「なんだよ、さあってのは」

「向こうの選手表、持ってるの顧問だもん。それに、相手が誰でも関係ないし」

「そりゃそうだ。最大のライバルは自分自身！　なんちゃって」

確かにそうだが、今回の成績がレギュラーの座に多少なりとも影響があるとしたら、ライバルはうちの部員たちということになるのだ。

吉沢も、中前も、他の三年生たちも。

賑《にぎ》やかな面々から少し離れた場所まで岩下を促すと、利久は、重ねた衿の隙間《すきま》から薄い包みを取り出した。

「これ」

「……なに？」

「行きがけのコンビニで買ったから、全然たいしたもんじゃないんだけど、ほわ、ホワイトデーのお返し、ってことで」

「え……？」

「遅くなって、ごめん」

「でも、片倉くん」

「あのさ、岩下が俺《おれ》にチョコくれた時、お世辞だけど、吉沢の活躍だけじゃなく、俺にも期待してくれてるって、言ってくれたじゃん」

些細《ささい》なあんな一言を、覚えてたんだ、片倉くん。

祠堂

「冗談にでも、俺、そんなふうに誰からも言われたことなかったから、照れ臭かったけど、嬉しかったんだ」

なのに、「なのに俺、岩下のこと傷つけて、ごめん」

「そんな……こと」

もう、いいのに。「でもそれ、受け取らない方がいいんじゃないのかな」

「なんで？」

「だって、僕が片倉くんにチョコレートを渡したのは……」

下心があったからだ。

言葉を濁した岩下へ、

「これ、俺の妹からってことで、どうかな」

利久が続けた。

「片倉くん、妹なんていないだろ」

「岩下にだって、妹、いないじゃん」

「だからそれは——」

「岩下には迷惑かもしれないけどっ」

力を込めて、利久が言う。「あのさ、例えば、目の前で誰かが落ち込んでるとするじゃん。

その時に、こう、抱きしめてでも慰めたいなって思う相手は、俺、託生くらいしか思いつかないんだけど、や、変な意味じゃなくて、だよ。でも、俺が落ち込んでる時に、誰に慰められたら一番元気になるかなって思ったら、そしたら、それが岩下だったんだ」

勢いつけて最後まで喋《しゃべ》り切った利久の顔が、赤い。

抱きしめてでも、慰めたい？　――抱きしめられて、慰められたい？

肩が触れただけで飛退《とびの》くほど警戒している政史に対して、利久が抱きしめられたいと望んでいるとは到底考えられないのに、それでも深読みしそうな自分を必死に抑えて、

「慰めるくらいなら、いつでもいいよ」

敢《あ》えて平然と、政史は言った。

でも、どんなに口調を装っても、自分の頬も利久と同じくらい、赤いのだろう。

「……ありがとう」

赤い顔のまま、利久が微笑《ほほえ》む。――ぎこちなく。

「そういうことなら片倉くん、お返し、ありがたく受け取るよ」

差し出された政史の手のひらへ、

「つまらないものですが」

照れたように、利久が包みを渡す。

利久の持つちいさな包みの反対側の端っこを、そっと指で挟んだ政史の手を、利久は手首ごとぎゅっと握った。

呆然《ぼうぜん》と利久を見上げる政史へ、手首をしっかり握ったまま、

「嫌ってないから」

短く言うと、利久は一目散に弓道場へと駆け出した。

地面にパタリと包みが落ちる。

政史はしばらく、動けなかった。


「こんなの、いつの間に撮ってたんだい？」

吉沢に訊かれて、

「企業秘密」

泉は笑った。

消灯後の吉沢の部屋、お土産のパンフレットとビデオカメラを隠し持ち、こっそり泉が忍び込んだ。

電気の消えた暗い室内、興奮覚めやらぬ泉から特別展でのあらましを聞きつつ、ベッドの中で、ビデオの液晶画面を一緒に見た。

団体戦が終わったところで、

「これ、誰が撮影したんだい？」

吉沢が改めて訊く。

「さあ、誰でしょう」

とぼけてみたが、バレバレだ。

吉沢ばかりが集中的に写っているのはオーダーどおりだとして、そこへワンカット、あまりに不自然な片倉利久のアップが混じっていた。

「泉がこんなことを頼むとしたら、岩下くんぐらいだよね？」

何度となく弓道の試合を見ているから、彼ならば、写しどころがわかっているはず。

「いいじゃんか、誰だって」

だが、友人の名誉の為に、泉はシラを切ることに決めた。

吉沢には中前の告白劇の顚末《てんまつ》は話したが、政史の片想いには触れてないのだ。

ところが午後からの映像が始まると、なんだかピンボケなシーンの連続になった。

「あっれー？」

どういうこと？

画像のピントが合っていないのではなくて、シーンの選択が、どうもおかしい。

「撮り手が変わったね」

冷静な吉沢のセリフに、

「なんで？」

素朴に泉は首を傾げた。

「理由は岩下くんに訊けばいいだろ？」

笑う吉沢に、

「なんだよお」

布団の中でケリを入れる。

「痛いって、泉」

「だーめだ、まるきりセンスないよ、この撮り方。たるいったら」

見てらんない。と、再生のスイッチを切った泉は、「それで吉沢、結果はどうだった？」

安易な方法に変更した。

「ビデオを見るから吉沢はなにも話さなくていいって、言わなかった？」

「ウルサイ。いいから教えろよ」

「態度悪いなあ」

「吉沢、もちろん一等賞だよね？」

「そうだけど」

「相手校のはいいからさ、うちの弓道部だと、上からどういう順番？」

「えーと、俺で、高木《たかぎ》くんで、中前で、片倉くんで、香川《かがわ》くんで――」

「あらら」

「なに？」

「片倉、実質三位？」

「え？　ああ、そうだね。頑張ったから、今回は」

「中前、レギュラー入り、できそう？」

「顧問的には好印象だったと思うけど、どうかなあ」

「中前がレギュラー入りしたら、政史とつきあうんだよね」

「いや、もう一度告白するってだけだろう？」

「えーっ。中前がレギュラー入りして片倉が選から落ちるってのが、僕の予定だったんだけどなあ」

「泉、また、勝手なことを」

「だって、ぼくは政史に、中前としあわせになってもらいたいんだもん」

「他人の恋路に口出しするの、よくないよ」

「どうしてだよ、政史は大事な僕のともだちなんだよ」

「選ぶのは、泉じゃなくて、岩下くんなんだから。――さっきの画像、見ただろ、泉？」

操作のミスか、消し忘れたのか。

「……なんで知ってるんだよ、吉沢」

政史が片想いしてる相手が片倉利久だって。

「中前に聞いたんだよ。だから片倉くんには負けられないって、そう言ってた」

「吉沢はどっちの味方？　中前？　片倉？」

「岩下くんの味方」

「そんな答え、卑怯《ひきょう》だぞ」

「もういいから、寝よう、泉」

そろそろ二時を回る頃だ。

「やだ」

「明日は月曜日なんですけど」

朝から授業があるんですけど。

「それがどうした」

「お忘れのようでしたら高林くん、俺たち、一応受験生なんですけど」

「ちゃんと答えたら、寝かせてあげる」

「おやすみ」

くるりと背中を見せた吉沢に、

「寝るなってば！」

再び泉はケリを入れた。

『高林くんは、今日は応援に来ないの？』

試合にはまるきり関係ないのに、祠堂の弓道部員が相手校の弓道部員に朝から何度も受けた質問。しっかり名指しで、おまけに男女かかわらず。

高林の美貌《びぼう》、侮れん。とは、誰の弁であったか。

「……女の子にも、モテるんだ」

「なんだよ、ボソボソ言ってないで、ちゃんと聞こえるように言えよ」

「他人の恋路より、自分たちの方が心配なんだよ」

「まだ僕のこと信じてないんだな、吉沢」

三度《みたび》のケリに、

「だから痛いって」

「今のは天誅《てんちゅう》」

「泉のことは信じてるよ、そうじゃない」

「じゃ、なに」

誰の目にも触れないよう、いっそ籠《かご》に閉じ込めて隠してしまおうか。

なんて言ったら、泉はどんな顔をするんだろう。

「――ちょっとだけ、地球に憧《あこが》れたんだよ」

「なんだよそれ。もう、誤魔化《ごまか》すなってば、おい、吉沢」

冗談に受け取った泉は、ゆさゆさと吉沢の肩を摑《つか》んで揺する。「僕たちのなにが心配なんだよ、言えよ、こら」

「モテる恋人を持つと苦労するって言いたいだけ」

「そんなこと言って、また誤魔化そうとしてるだろ。――吉沢、今日はナンパされなかっただろうな？」

泉が毎回欠かさず弓道部の練習試合に行ってた理由のひとつは、下心バリバリで吉沢に近づこうとする輩《やから》を、その場で牽制《けんせい》する為だ。

「今日も、ナンパはされませんでした」

泉じゃあるまいし、行く先々で声を掛けられるわけがない。

「よーしよし。インハイの地区予選には、絶対行くから。女の子に話しかけられて、ちょっと
でもデレッとしたら、吉沢、ただじゃおかないからね」

なのに真剣に心配して、凄《すご》む泉が、めちゃくちゃ可愛《かわい》い。

「わかりました、デレッとしません」

「絶対だからね」

「約束します。――ということで、そろそろ寝てもいいでしょうか？」

「吉沢、腕枕《うでまくら》して」

差し出された長い腕に自らくるまって、「おやすみなさい」

泉は吉沢に寄り添った。

引いたカーテンの向こう、窓の外には、今夜も月が出ているのだろう。

「おやすみ、泉」

こんなに不出来な俺だけど、明日も、よろしく。

ごあいさつ

呆《あき》れないでねーっ、まだ四月なのーっ。

ここを最初に読んでる方はまだご存知ないかと思いますが、頑張ってはみたものの、結局、ゴールデンウィークまで辿《たど》り着けなかったのでありました。

そう、当初の予定では、ゴールデンウィークの話まで、書くつもりでいたのでした。でも、ファンタジー小説の導入とかと同じで、ああいうのって第一巻に世界観の設定とかぜーんぶ入れていくから、どうしてもストーリー展開が多少もたついたりするじゃありませんか。あんな感じで、託生くんの三年生バージョンは冒頭の四月に初期設定のあれやこれやを出さないとまずいので、加えて、いろんな登場人物たちのそれぞれのバックグラウンドもフォローしていくと、三年生バージョン四冊目にしてまだ四月ってのは、ペースとしてしようがないのかなあ、と思ったりもしてます。

でも、四月のモタモタあれやこれやが終わると、月が進むの、早いですよー。あっと言う間に卒業で、タクミくんシリーズも最終話になっちゃったり、しそうです。

ゆっくりな進行が喜ばれたり、早く先に進んでくれーっ等と、いただく感想はまちまちですが、しかも、年に一度と言わずせめて二冊は出してくださいとか、リクエストいただいたりもするんですが、最終話がサクサクすぐに読めちゃうのと、まだ先でもいいかなあ？　ってのとどっちが果たして結果的に皆様に喜ばれるものなのでありましょうか？　――はて？

ということで、いえ、決して「恒例」にしているわけではないのですが、どうしても（物理的に）年末年始のこの時期に、お目にかかることになりますね。

こんにちは、ごとうしのぶです。

今回も、ここまでおつきあいいただき、ありがとうございました。

書き下ろし満載、オールスターキャストの「おいしい一冊」（担当・談）いかがでありましたでしょうか？

まるで本編のような番外編の表題作『彼と月との距離』は、番外編の中でも今のところ最長ですね。あんまり長いので、いっそ本編扱いでもいいか、という気分。

（タクミくんシリーズじゃなくて、いっそ、祠堂学院シリーズにしちゃおうか）

いただく感想のお手紙やメールでリクエストの多かった人々に、今回はたくさん出てもらいました。たまにはこんな構成でも、許される、かな？

不安もありますが、なにはともあれ、最後まで楽しんでいただけると、幸いです。

話は最初に戻りますが、掲載が間に合わなかったゴールデンウィークの話は、久しぶりに雑誌のＣＩＥＬに掲載される予定です。時期としては、初夏あたり。それ以外にも、ですね、可能であれば今年は年に二冊（二冊ともタクミくん、とはいかないまでも）出せるといいなあ、と。うーん、何度も書くのイヤですが、遅筆なんです、ごとうサン。自信ないけど、頑張りますので、よろしければ、皆様、おつきあい、よろしくお願いいたします。

最後になりましたが、昨年の夏に個人的にお世話になり、ＣＩＥＬで現在連載中のタクミくんコミックバージョンでもお世話になり、ここでまたお世話になり、本当に、おおや和美サマ、いつもいつもありがとうございます。今回の『あのふたり』の話は、おおやサンに捧《ささ》げる為に書いてみました。あんなんですが、受け取ってやってください。それから、お世話になってます担当さんを始め角川書店の方々と、もちろん、読んでくださる方々へ。

二十世紀中は大変お世話になりました。二十一世紀もよろしくおつきあいくださいね。

それとっ、感想のお手紙やメール、お待ちしてます。それを励みに、頑張るのだ！

ごとうしのぶ　拝

http://www2.gol.com/users/bee/

Steady

山の斜面の中腹にへばりつくように建っている全寮制男子校、祠堂学院高等学校。ふだんは男ばかりのむさ苦しい空間が来客を迎え、一気に華やぐのが、九月下旬の土日にかけて催される、楽しい楽しい文化祭である。

とある教室の入り口に、制服私服取り混ぜて、女子高生たちが列をなしていた。

ぞ。と立ち止まった橋本高文《はしもとたかふみ》は、

「竹内《たけうち》。マジ、ここ?」

初めて訪れたのだという他校にもかかわらず、なんの迷いもなくここまで自分を連れてきた友人を見遣《みや》った。「なんか、えらく混んでるじゃないか」

むろん女子高生は嫌いじゃない。が、こんなにザワザワ並んでいられると迫力に圧倒されて、居場所に困る。

「広田《ひろた》生徒会長からいただいた情報によれば、それでもこの時間帯が、一番並んでいる人数が少ないらしい」

クールな容貌《ようぼう》の友人は、その雰囲気と同じくらいひんやりとした温度で、「橋本、文化祭といえば女子高生と散々騒いでたわりに、だらしがないな」

するりとからかった。

「そういう竹内はどうなんだよ」

こんなに女の子だらけの列に混じって並ぶことに、これっぽっちの抵抗もないのか？　恥ずかしくないのか？　照れたりしないか？

「別に、どうもないが」

涼しく応《こた》えた竹内はその言葉が強がりでもなんでもない証拠のように、女の子たちの後ろへフッウに並んだ。

しんじらんねーッ。

と呟《つぶや》きながら、仕方なく橋本も竹内の脇《わき》に立つ。

女の子ばかりの列に制服ブレザーの男がふたり。イヤでも目立つシチュエーションだが、という理由だけでなく、周囲の視線がチラチラと自分たちに注がれる。正確には、主に竹内均《ひとし》に。

銀縁のメガネをかけていても、いや竹内の場合メガネなんぞをかけているから余計、ストイックな美貌が引き立つのだ。と、本人の前でうっかり口を滑らせようものなら、睨《にら》まれるのがオチだけど。

ぴんと背筋の伸びた、青竹のように清々《すがすが》しい風情の竹内は、橋本の自慢の友人であり、ふたりが通う祠堂学園きっての逸材でもあった。——ここだけの話『友人』が、いつかは『親友』へと格上げされないだろうかと、儚《はかな》い期待を胸に秘めてる橋本ではあるのだが。

「なあ竹内、それにしたってたかがクラスの出し物だろ？　こうまでして食べたいくらい、この甘味処《かんみどころ》って旨《うま》いのか？」

「いや、味は普通らしい」

「だったらなんで、わざわざ『ここ』なんだよ」

「諸事情により」

簡潔に応えた形の良い口唇が、愉快そうに閉じられた。どうやらそれ以上の説明はする気がないらしい。

恥ずかしさを圧してつきあってやってるってのに、なんだかなあ。

橋本はこっそり溜《た》め息を吐《つ》く。はるばるこんな山奥くんだりまで、祠堂学園と祠堂学院が兄弟校だからこそ、生徒会として訪ねてきたのだ。学院側の生徒会との挨拶《あいさつ》を済ませたら晴れてお役御免のはずだったのに、自由行動じゃーんナンパしまくりー、と浮かれていたところへ、お茶でも飲みに行かないかと竹内に誘われて、現在に至る、のだ。

「もちろん、ここ、竹内のおごりなんだろうな」

「当然だろう」

「よーし。メニューの中で、一番高いの注文してやる！」

胸の前でちいさく拳《こぶし》を握った橋本に、

「高級レストランでなくて、助かったな」

ここが高級レストランでもちっとも動じないであろう竹内が、ふわりと微笑《ほほえ》んだ。

「——なんだよ」

訝《いぶか》しげに、友人が眉《まゆ》を寄せた。「さっきから、何度も何度もそうゆう目で俺《おれ》を見るなよ、新《にい》島《じま》」

「どういう目だって、斉木《さいき》？　具体的に説明してくれないと、改善のしようがないなあ」

ちょっと意地悪い言い方になってしまうのは、だが、まあ、仕方あるまい。

「こんな山奥まで一人旅は寂しかろうと、せっかくつきあってやってる俺の友情を無下にする

のか、おい？」

「誰もそんなこと、頼んでないだろう」

新島重起《しげき》は腕を組むと、「別に、行きはともかく帰りまでひとりってわけじゃないんだか
——、あ」

言いかけて、慌てて口を噤《つぐ》む。

耳聡《みみざと》い斉木はすかさずニヤリと笑い、

「へえ、誰かとここで待ち合わせの約束までしてるのか？」

しらじらしく、訊《き》き返した。

勘の良い斉木相手に下手な誤魔化しは通用しないと百も承知の新島は、

「そうだよ、だから俺のことは放っとけよ」

さっさと認めた。「それより斉木、自分はなんなんだよ」

「いやー、それにしても迷路みたいな造りだな、学院って」

入り口で配られていた構内見取り図へいきなり視線を落として、斉木が思いっきりすっとぼける。「広さだけなら学園も相当だが、あっちはこうも建物が複雑な並びになってなかったよなあ」

「話題を変えて、はぐらかすな」

ハーフかモデルにしょっちゅう間違われる、若かりし頃のデビッド・ボウイに似た風貌の斉木晴臣《はるおみ》。顔立ちだけでも人目を引くのに、長く伸ばした髪をカラフルな紐《ひも》とで後ろへ編み込み、バランス良く着崩したファッションも素人っぽくなくて、こんなカタギな空間に於《お》いては、ただただ異邦人の趣である。

「そう咬《か》みつくなって、いいだろ、暇だったんだよ、俺は」

ウソをつけ。

多情なところも魅力のうちとか、普通の男なら絶対言ってもらえないセリフで許されて、相変わらず複数の彼女持ちで、どこへ行っても女の子たちにきゃーきゃー騒がれてるってのに、

「毎日違う女の子とデートどころか、一日に何人もと掛け持ちしているような斉木が、暇なわけないだろ」

まったくもう。——少しは素直になればいいのに。

クレームをつけながらも、新島はうっかり笑ってしまった。

「……なんだよ」

更に訝しげに、斉木は眉をしかめる。

「いや、なんでも」

「で？　新島、麗しの竹内生徒会長殿との待ち合わせ、どこで何時だって？」

サラリと訊かれて、

「ああ、四時に正門のそばの噴水の前で、って、おい斉木！」

「やっぱり約束してたか。長い長い帰りの道中を利用してデートしようなんて、せこいなあ新島」

「せこいだなんて、斉木にだけは言われたくないな」

「なんだよ」

「だったら自分はなんなんだよ」

「ウルサイよ、新島クン」

「いくら役職が副会長だからって、橋本くんが必ずしも竹内と一緒にいるとは限らないんだからな。用事が済んで、もう帰っちゃってるかもしれないぜ」

「まーさーか。あいつが竹内を残して、帰るもんかよ。腰ぎんちゃくなんだから」

「橋本くんって、竹内の妹に気があるんだって？」

「らしいな」

「それがきっかけで斉木、ジンクスのバラ、橋本くんにあげたんだ」

「あれは事故だ。もしくは、横流ししただけで、贈ったわけじゃない」

「あー、はいはい」

去年卒業した新島たちの通っていた共学の公立城東高等学校と、竹内や橋本たちが現在在籍している私立祠堂学園高等学校とは、市内にふたつきりの高校で、何十年もの深き交流があり、例年、城東の文化祭にはカネモチ祠堂からあれやこれやと備品のレンタルをしていただき、お返しに、祠堂の文化祭には城東が（誰にも知られずその花を盗めたならば、贈った相手としあわせな恋ができるというロマンティックなジンクスつきの）バラのアーチを贈呈しているのであった。

ジンクスの正しさを証明するが如《ごと》く、いくら中学時代から全国レベルの名セッターとのありがたい評価を世間様からいただいていても、スポーツばかりに熱中していて色恋沙汰《いろこいざた》にはとんと疎かった新島が、おかげで、以前から密《ひそ》かに想《おも》っていた高嶺《たかね》の花と、見事、大団円を迎えることができたのだ。

祠堂学園の聖域とまで謳《うた》われた、高嶺の花こと竹内均。才色兼備の、右を向いても左を見てもボンボンばっかり祠堂に於ては、まこと秀でた存在である。

ジンクスどおりに成就した自分たちはともかく、過日の一件以来、片や都内の大学に通う斉木と、片や地元で高校生をやってる橋本とで、接点などひとつもなさそうなふたりなのだが、とある信頼できる情報筋によれば、なんだかだとしょっちゅう一緒にいるくせに、お互いに知り合いでもなく友人でもなく況《ま》してや恋人でなんかとんでもないっ！　と言い張っている、新島のみならず、誰から見ても理解しがたい関係を展開しているのであった。

非常に支離滅裂だがしかし、結局、せっかく横流ししてもらったバラを橋本は肝心の竹内の妹には渡し損ねたということだから、自分たちのことを棚に上げホモを奨励するわけでは決してないが、ジンクスが有効であれば斉木と橋本こそうまくまとまるはずではないのか、と。まあ、余計なお世話なんですけど。

「……そうか、待ち合わせは四時か。それまで暇だな」

もう、ぐるっと一周、校内を回ってしまった。

「斉木、それは俺と竹内の、待ち合わせだ。便乗するな」

「いいだろ、カタイこと言いっこなし、な?」

艶《つや》っぽく微笑《ほほえ》まれて、威勢がそがれる。

「わかったよ。でも暇だからって斉木、女の子をナンパしようなんて、やめとけよ」

壁に耳あり障子に目あり。

「しようがないだろ、女の方で俺を放っとかないんだからさ」

「そりゃあそうかもしれないけどさ」

他の男が言ったら、ざけんなバカヤロなセリフだが、斉木の場合、事実だからまったくもって始末が悪い。「親切心から忠告してるんだからな、そこんとこ……」

「わかったわかった。とにかく、男ふたりで仲良くそぞろ歩いてるなんてブキミだから、今から自由行動な」

「少しは汲《く》めってば、おい、おい斉木」

「サラバ、新島！」

意気揚々と手を振る斉木の後ろ姿に、

「……しようがないヤツだなあ。誤解されても知らないぞ」

新島はやれやれと、肩を竦《すく》めた。


「重そうだね」

頭上から声が降ってきて、ぼくは一瞬ギクリとした。

いきなりなことに驚いたわけではなくて、もうとっくに『ちっちゃい子供』ではないので、日常あまり、頭上から声を掛けられるという経験がないからだ。

両腕で必死に抱える段ボール、中には缶詰がぎっしりと入っている。それを苦もなくひょいと取り上げて、

「どこまで運ぶの？」

涼しい顔で、声の主が訊《き》いた。

「や、あの、大丈夫です、自分で運べますから」

長身の、見知らぬ男。ぼくたちとそんなに年齢が離れていそうもないので、卒業生でなければ、在校生の、誰かの父兄だろうか。

「まあまあ、遠慮しなさんなって」

軽く笑うと、「時間潰《つぶ》しをしなくちゃならないくらい、今、暇なんだよ。全部持たれるとオトコのプライドが許さないってんなら、半分こしようか」

言うが早いか、彼はぼくに段ボールを返すと中から缶詰をひょいひょい取り出した。みるみる軽くなった、段ボール。重ねた缶詰を器用に抱えて、

「どこまで行くの？」

男が先を促した。

「え、あ、この先の教室まで」

芸能人、だろうか。やたらと迫力のある容姿だなー。

「じゃ、案内して」

やむを得ず、促されるまま、ぼくは歩いた。

ステップを踏むような軽い足取りで、なにやら楽しそうに鼻歌を口ずさんでいた男が、

「きみ、名前、なんて言うの？」

ふと、ぼくに訊いた。

――げ。もしかしてこれは、新手のナンパ？

この人ってば（そんな風には見えないが）男子校で男子学生を引っかけようとする、そういう趣味の人？

頬《ほお》を強《こわ》ばらせたぼくに気づいて、ふふふと色っぽく笑った男は、

「だってほら、袖擦《そです》り合うも多生《たしよう》の縁って言うだろ？　因《ちな》みに、俺の名前は斉木晴臣。現役合格の大学一年、家には両親と、めっちゃ可愛《かわい》い妹がひとり」

軽い調子で、彼が続ける。「写真あるから、後で見せるよ。ただし、誰にもナイショだぞ。実は俺の妹、これまた『現役』の、なあんとアイドルなんだ」

さすがにそこで、ぼくは吹き出してしまった。

「あ、疑ってるな」

斉木の声も、おかしそうだ。

「だって、デタラメ過ぎますよ、そんなの」

「いやいや、事実は小説より奇なりって言うだろ？　論より証拠、写真を見ればわかるって」

「でも、たとえ見せられたのが生写真でも、持ってるだけならどこかで買えばいいんだし」

「おー、言ってくれるな。えーと、なにくん？」

「葉山です」

「ハヤマ、なに？」

「葉山、託生」

「タクミくんね。――呑気《のんき》に笑ってられるのも今のうちだからな」

「わかりました、楽しみにしてます」

「よーし、楽しみにしてろよ」

近寄り難いくらいの二枚目なのに、くだけたキャラクターしてるなあ、この人。

いつの間にやら警戒する気分が抜け落ちてしまって、予想以上に大繁盛の甘味処、頼まれて、ミカンやらチェリーやら不足分のフルーツの缶詰を学食から調達してきたぼくは、運搬先の我が2‐Dがクラスの出し物として甘味処をするのに借りている一階のとある教室まで、彼と談笑しながら歩いてしまった。

教室が視界に入った途端、

「すげ。なに、あの女の子たち」

斉木がぎょっと、肩を竦《すく》めた。

「甘味処の、順番待ちの列です」

「それは見ればわかるけど、なんだってあんなにたくさん女の子が待ってるわけ？　死ぬほど旨《うま》い甘味処だったりするの？」

「というか、いろいろと、目的があるみたいで」

「――ははーん。さては中にいるんだな、すっごいイロオトコが」

「あ、わかりますか」

「そいつが祠堂学院の現役アイドルってところかな？」

「本人はそんなふうに言われるの、きっと嬉《うれ》しくないと思うんですけど」

「あそこって、きみのクラスなんだ。としたら、アイドルはクラスメイトか」

「斉木さんも、モテそうな感じですよね」

「きみもモテるだろ、タクミくん？」

「いえ、ぼくは全然」

からっきし、そういう華やかな出来事には縁がない。

横に首を振ったぼくに、斉木はへえと眉《まゆ》を上げると、

「ま、いいか。それよりこれ、教室のどこに運ぶんだい？」

缶詰を顎先《あごさき》で示した。

「うー。いるところにはいるもんだな」

低く唸《うな》りながら、橋本が腕を組む。「侮りがたし、山奥祠堂」

「なんだい、その差別用語は？」

おかしそうに竹内が訊き返す。

「いいさこの際、差別用語くらい！　こんなヘンピな土地に、なんだってあんなのがいるんだ!?」

しかも、竹内、トモダチだって？

「あんなの、じゃなくて、崎義一くん」

この辺りの女子高生で『崎さん』を知らないなんてモグリよねーっ。と、当の女子高生たちに言わしめる、通称ギイ、こと、竹内に呼ばせると、義一くん。——竹内にそう呼ばれるたびに居心地悪そうにした『義一くん』は、どうも、その呼び名が苦手らしい。

「ゆっくりおもてなしできなくて、済みません」

心底申し訳なさそうな義一くんに、イイ男は済まなさそうな表情すらも様になるものなんだなと、橋本はおかしなところで感心したものだ。

「同じ男だってのがイヤになるくらい、カッコイイだろ?」

ひっきりなしの『ギイくんこっちのオーダー取りに来てえ』コールに、くるくると忙しくウエイターの仕事をこなしている崎義一。

「——竹内の口からそんな(ミーハーな)セリフを聞かされるとはね……」

テーブルに頰杖《ほおづえ》をついて、橋本は溜《た》め息を吐《つ》いた。「どうりで、女の子たちが列を成すわけだよ」

「まあ、義一くんが斉木さんでも、似たような感じかなとは思うけどね」

「たーけーうーちー、よりによってあんな男を引き合いに出すんじゃない」

「また橋本、そんなに毛嫌いしなくても」

「あんな、たらしでだらしなくてしょーもない見かけだけの男と竹内の友人を、同列に並べちゃいかんよ」

「そうやっていつもムキになって悪口を言うから、却《かえ》って疑われてしまうんだよ」

憎まれ口の、その裏を。

「あんなヤツのことはともかく、俺《おれ》たちが並んでた時って、アイドルくん、昼休み中だったんだって?」

だからあの時が『一番並んでる人数が少ない』時間帯だったのだ。「彼氏がシフトに戻った途端、黄色い声、飛び交ったもんなー」

マジ、嬌声《きょうせい》だった。あんな声、女の子に騒がれるようなこの世の春な私生活を送ってるわけではない一般人の橋本にとっては、アマチュアバンドをやってる斉木のライブの時ぐらいしか、日常、耳にする機会はない。

「前から噂《うわさ》には聞いてたけど、すごい人気だよね」

自分のことのように嬉しそうに、竹内が言う。

「呑気だなあ、トモダチとして竹内、少しは妬《ねた》ましくなったりしないのか？」

もしくは、プライド的に、悔しくないか？

「どうして？」

不思議そうに訊き返されて、

「や。――あ、しないか、竹内は」

橋本は妙に、納得した。

不特定多数の女の子に騒がれるより、たったひとりの恋人の気持ちが気になって仕方がないんだもんな、竹内は。

誰にも内緒で、何年も何年も密《ひそ》かに想っていた相手とやっとめでたく両想いになれたのにいかんせん、相手の進学の都合で、現在、遠距離恋愛中の竹内。

「ところでさ、そろそろ義一くんがシフトから戻って来そうだったから、列に並んだわけ、竹内？」

「いや、義一くんがいてもいなくても必ず甘味処には立ち寄るからと、約束してたから。ならば、並ぶ時間は極力短い方がいいかな、とね」

「へえ」

つまり、会えなくてもかまわなかったんだ。

また、淡白な友情だね。――滅多に物事に執着しない、実に竹内らしいけどさ。

くーっ。その竹内にあんなにあんなに想われて、それこそ妬ましいぞ、新島重起め！

「さてと。無事に約束は果たせたし、幸い義一くんにも会えたことだし、廊下は相変わらずの長蛇の列だから、橋本、そろそろ俺たちは失礼しようか」

椅子《いす》から竹内が立ち上がろうとした時、事件が起こった。

キッチンと喫茶室とを隔てる暖簾《のれん》をひょいとくぐって、なぜか斉木が現れたのだ。やけに親しげに、ひとりの男子学生の肩を抱きながら。

どーゆーことだよっ！

怒りの形相で橋本がダンと拳《こぶし》でテーブルを叩《たた》き、アイドル崎義一は営業スマイルをあからさまに憤然とした表情に変え、加えて、斉木晴臣は驚きに目を見開いたまま表情を凍らせたのであった。

不穏な空気に、事情を知らない他の客たちまでも（さすが、勘の鋭い女の子たちというべきか）瞬時に緊張に身を竦《すく》ませた。

——被害を最小に抑えるためには、どの道が最良だろうか。

素早くシミュレーションした竹内は、おもむろに橋本の腕をむんずと掴《つか》むと、有無を言わさず甘味処を後にした。


「痛いってば、ギイ」

申し訳なくも汚くも、ここは最寄りのトイレの個室。

悄然《しょうぜん》とした喫茶室などほったらかしで、トイレに人気《ひとけ》がないのをこれ幸いとばかり、強引に個室へ連れ込んだぼくを、憤然とした表情を隠しもせずに、ギイがギリッと睨《にら》みつける。

両腕をきつく掴まれて、個室の壁に押しつけられ、

「オレが忙しく立ち働いてるって時に、浮気してんじゃねーよ、託生」

「してないってば、そんなこと」

「だったらさっきのヤツはなんだよ。気安く託生の肩を抱きやがって」

「違うってば、さっきのはぼくが――」

「どんな理由も聞く耳持たん。託生に触っていいのは、この世でオレだけだ」

「床に敷いたカーペットの継ぎ目につまずいて、転びそうになったから助けてくれたんだってば」

「それでもダメだ」

「柱に額を直撃しそうだったんだよ」

「たんこぶのひとつやふたつ、――あれ？」

「違うよ、ぼくへの被害じゃなくて、仮設の柱じゃないか、ぶつかったら仕切りの壁、倒れちゃうだろ」

そんなことになったならば、倒れた壁に押し潰《つぶ》されて、お客様もろとも喫茶室は全滅だ。

「ああ、……なるほど」

斉木にひょいと引き寄せられて、危機一髪だったのが、ちょうど暖簾をくぐったあの瞬間だったのだ。

「いくら、なににつけても疎いぼくでも、ギイが喫茶室にいるのをわかってて、みすみすそんな格好で暖簾をくぐったりするわけないだろ」

「そりゃ、そうか」

「そうだよ。わかってくれた?」

「んー……、まあな」

照れ臭いのか、渋々認めたギイは、「でもな託生、あいつ、嬉《うれ》しそうだったぞー。お前の肩を抱きながら、にやけてた」

「そんなことないって」

「心中、役得とか思ってたぞ、絶対だ」

「そんなことないってば」

本気で否定するぼくに、ギイはちょっとだけ複雑そうな表情《かお》になると、

「託生が世間に疎いってのは、オレ的に、すっごくラッキーなことなのかもしれないな」

ぼくの目を覗《のぞ》き込んだ。

淡いブラウンの、ギイの瞳《ひとみ》。宝石のようで、すごく、綺麗《きれい》だ。

「ギイこそ、どんなに可愛い子が食べに来ても、見惚《みと》れたりしないでよね」

「するわけないだろ」

恋は盲目。もしくは、欲目。惚《ほ》れた相手以外は、ジャガイモと同じ。「それより託生、こん

な場所でクサイけど、浮気防止のマジナイ、プリーズ」

「なんのこと？」

キョトンと訊《き》き返したぼくに、

「決まってんだろ、ばーか」

ギイが顔を近づけてきた。

「バカとはなんだよ、失礼だな」

力ずくでギイを向こうに押し遣《や》ると、

「オレをヤキモキさせたお詫《わ》び、しろよな」

どこまでも悪びれないギイはニヤリと笑い、「こんなに愛されててしあわせだろ？」

どこまでも、どこまでも、だ。

「……もう、しようがないな」

ぼくを強引に連れ出したりしたから、今頃きっと女の子たち、訝《いぶか》しんでるよ。

「言えよ託生、しあわせだって」

それくらいのこと、いくらでも言ってあげる。

「トイレで口説かれるのなんて、初めてだよ」

「これはこれで新鮮でいいだろ？」

ふざけるギイに、

「相手がギイじゃなきゃ、金輪際ごめんだけどね」

ぼくが言う。

「——託生」

「夢のようにしあわせだよ、ギイ」

世間にどれだけステキな人がいたところで、ぼくにはギイが一番だから。

軽く目を閉じたぼくの口唇に、やがて甘い囁《ささや》きが降りてきた。

「……オレもだ、託生」


すわ、ジンクス存亡の危機到来か!?

世間から、バレンタインより祠堂学園の文化祭、とまで期待されてるジンクスなれど、どうしてこのふたりに限っては、こうもタイミング悪く揉《も》めるのだろうか。

「つまり、斉木の自業自得ってことかい？」

遠慮がちの新島の質問に、

「概《おおむ》ね、そんな感じでしょうか」

やはり遠慮気味に竹内が応《こた》えた。

「ったく、なーにがフェミニストだよ、単なる節操なしなだけじゃんか。――って伝えて、竹内」

日曜日のせいか時間帯のせいか、かなりガラガラなJRのローカル線、向かい合った四人掛けのボックス席、窓際の橋本が通路側の竹内に言う。

「だ、そうです、斉木さん」

正面の斉木は竹内に向かって神妙に頷《うなず》くと、

「だから何度も誤解だと説明してるのに、なーにグダグダくだを巻くやらこのヤキモチ焼き。って伝えろよ、新島」

並ぶ、窓際の新島を肱《ひじ》でつつく。

「だそうだよ、橋本くん」

「見苦しい言い訳にしか聞こえないけどな、なあ、竹内？」

同意を求められ、竹内は曖昧《あいまい》に微笑《ほほえ》んだ。

「おい高文、突っ掛かるのもいい加減にしろよ、理不尽だろ。ならお前、あそこであの子を見捨てれば良かったとでも言うのかよ、え？」

「言わないけどね、絶対、スケベ心があったに違いないんだ」

「――呆《あき》れたな、こうも聞き分けが悪いとはね。つきあいきれん」

吐き捨てるように言うと、むっすりと腕を組み、斉木は顔を反対側の窓へ向けた。

「な、なんだよ、偉そうに」

口では強がりながらも、さすがに気まずい表情で俯《うつむ》いた橋本は、「そ、そもそもなんだって、あんな所にいたんだよ」

ボソッと続ける。

甘味処どころか、そもそも学院の文化祭に来るなんて、言ってなかったじゃないか。

それまでと打って変わった柔らかな眼差《まなざ》しで、斉木がなにか言いかけた時、

「よし」

成り行きを静観していた新島が、いきなり立ち上がった。「おいで、竹内」

「え？」

戸惑う竹内の手を引いて、別の車両へ移動する。

何度となく後ろを振り返る竹内は、

「待ってください新島さん、あのままふたりきりにして、大丈夫なんでしょうか？」

「そんなに心配しなくたって、大丈夫どころか、竹内」

あの雰囲気。そのままあそこにいる方が、お邪魔な感じだ。「いや、だってさ、俺たちがいない方が却《かえ》って仲直りしやすいかもしれないだろ？」

「なら、いいんですけど」

ふたつ先の車両まで行き、空いてるふたり席に並んで腰を下ろし、

「あっちはあっち、こっちはこっち。——な？」

新島が笑うと、竹内も微笑んだ。

面前の車窓に広がる、長閑《のどか》な田園風景。眺めているだけで、気分が和む。

「新島さん、到着までどれくらいかかるんでしたっけ？」

「一時間くらいじゃないかな。——なに竹内、眠くなった？」

「朝が早かったので。少し眠ってもいいですか？」

「いいよ、着いたらちゃんと起こすから、安心して眠っていいよ」

「あの……、肩、お借りしてもいいですか？」

よそよそしいということでなく、どんなに親しくつきあっても、礼節を忘れない竹内。容姿の印象だけでなく性分すらもストイックで、だがそんな竹内が新島にだけは甘えるのだ。

「いいよ、竹内」

きっかけは確かに外見だったかもしれない。けれど、惹《ひ》かれてやまないのは、そんなことに

じゃない。

しばらくして聞こえてきた傍らの寝息が、肩に掛かる頭の重さやその温《ぬく》もりが、理屈でなく、愛《いとお》しくてならないのはどうしてだろう。

「人を好きになる気持ちって、不思議だよな……」

いつか竹内に対して違う感情が自分を支配するようなことになった時、男同士であるということが、なにかのマイナスになるのだろうか。

たとえそうだとしても、

「後悔なんてしないからな、竹内」

どんなことが起きたとしても、悔やんだりは決してしない。

なぜならば、きみを愛しく思う自分の気持ちは、俺の人生の中で、一番美しい感情だから。

ごとうしのぶ作品リスト

〈タクミくんシリーズ〉注：作品中の“月”は、何月時かを示しています

	作品名	収録文庫名	初出年月
《2年生》 4月	そして春風にささやいて	そして春風にささやいて	1985.7
〃	てのひらの雪	カリフラワードリーム	1989.12
〃	FINAL	Sincerely…	1993.5
5月	若きギイくんへの悩み	そして春風にささやいて	1985.12
〃	それらすべて愛しき日々	そして春風にささやいて	1987.12
〃	決心	オープニングは華やかに	1993.5
〃	セカンド・ポジション	オープニングは華やかに	1994.5
6月	June Pride	そして春風にささやいて	1986.9
〃	BROWN	そして春風にささやいて	1989.12
7月	裸足のワルツ	カリフラワードリーム	1987.8
〃	右腕	カリフラワードリーム	1989.12
〃	七月七日のミラクル	緑のゆびさき	1994.7
8月	CANON	CANON	1989.3
〃	夏の序章	CANON	1991.12
〃	FAREWELL	FAREWELL	1991.12
〃	Come on a My House	緑のゆびさき	1994.12
9月	カリフラワードリーム	カリフラワードリーム	1990.4
〃	告白	虹色の硝子	1988.12
〃	夏の宿題	オープニングは華やかに	1994.1
〃	夢の後先	美貌のディテイル	1996.11
〃	Steady	彼と月との距離	2000.3
10月	嘘つきな口元	緑のゆびさき	1996.8
〃	季節はずれのカイダン	（非掲載）	1984.10
〃	〃（オリジナル改訂版）	FAREWELL	1988.5
11月	虹色の硝子	虹色の硝子	1988.5
〃	恋文	恋文	1991.2
12月	One Night,One Knight.	恋文	1987.10
〃	ギイがサンタになる夜は	恋文	1987.7
〃	Silent Night	虹色の硝子	1989.8
1月	オープニングは華やかに	オープニングは華やかに	1984.4

〃	Sincerely…	Sincerely…	1995.1
〃	My Dear…	緑のゆびさき	1996.12
2月	バレンタイン ラプソディ	バレンタイン ラプソディ	1990.4
〃	バレンタイン ルーレット	バレンタイン ラプソディ	1995.8
3月	弥生　三月　春の宵	バレンタイン ラプソディ	1993.12
〃	約束の海の下で	バレンタイン ラプソディ	1993.9
〃	まどろみのKiss	美貌のディテイル	1997.8
番外編	凶作	FAREWELL	1987.10
〃	天国へ行こう	カリフラワードリーム	1991.8
〃	イヴの贈り物	オープニングは華やかに	1993.12
《3年生》 4月	美貌のディテイル	美貌のディテイル	1997.7
〃	gealousy	美貌のディテイル	1997.9
〃	after gealousy	緑のゆびさき	1999.1
〃	緑のゆびさき	緑のゆびさき	1999.1
〃	花散る夜にきみを想えば	花散る夜にきみを想えば	2000.1
〃	ストレス	彼と月との距離	2000.3/5
〃	告白のルール	彼と月との距離	2001.1
〃	恋するリンリン	彼と月との距離	2001.1
〃	彼と月との距離	彼と月との距離	2001.1
6月	あの、晴れた青空	花散る夜にきみを想えば	1997.11

その他の作品

作品名	収録文庫名	初出年月
通り過ぎた季節	通り過ぎた季節	1987.8
予感	ロレックスに口づけを	1989.12
ロレックスに口づけを	ロレックスに口づけを	1990.8
わからずやの恋人	わからずやの恋人	1992.3
天性のジゴロ	——	1993.10
愛しさの構図	通り過ぎた季節	1994.12
ささやかな欲望	ささやかな欲望	1994.12
LOVE ME	——	1995.5
Primo	ささやかな欲望	1995.8
Mon Chéri	ささやかな欲望	1997.8
Ma Chérie	ささやかな欲望	1997.8

〈初出誌〉

ストレス

角川ルビーCDコレクション

「美貌のディテイル」('00年3月)

「緑のゆびさき」('00年5月)

告白のルール

書き下ろし

恋するリンリン

書き下ろし

彼と月との距離

書き下ろし

Steady

ルビープレミアムセレクション

「ルビーにくちづけ」('00年3月)

KADOKAWA
RUBY BUNKO

タクミくんシリーズ
彼《かれ》と月《つき》との距離《きょり》
ごとうしのぶ

角川ルビー文庫 R10-14　　11801

平成13年1月1日　初版発行
平成21年3月1日　8版発行

発行者――井上伸一郎
発行所――株式会社角川書店
東京都千代田区富士見2-13-3
電話/編集(03)3238-8697
〒102-8078
発売元――株式会社角川グループパブリッシング
東京都千代田区富士見2-13-3
電話/営業(03)3238-8521
〒102-8177
http://www.kadokawa.co.jp
印刷所――暁印刷　製本所――本間製本
装幀者――鈴木洋介

ISBN4-04-433617-2　C0193　定価はカバーに明記してあります。

KADOKAWA RUBY BUNKO

R

角川ルビー文庫

いつも「ルビー文庫」を
ご愛読いただきありがとうございます。
今回の作品はいかがでしたか？
ぜひ、ご感想をお寄せください。

〈ファンレターのあて先〉

〒102-8078 東京都千代田区富士見2-13-3
角川書店 ルビー文庫編集部気付
「ごとうしのぶ 先生」係

＊ごとうしのぶの単行本＊
甘くせつない恋
Sweet Memories
スウィート・メモリーズ
ISBN4-04-873433-4
四六判ソフトカバー 336頁
Sweet&Bitter——テイスト別の、7粒の物語をあなたに。
ごとうしのぶ
イラスト／みずき健
ほろ苦いオトナの恋
Bitter Memories
ビター・メモリーズ
ISBN4-04-873440-7
四六判ソフトカバー 360頁
角川書店